Le chagrin des étoiles ...

... Pour Gabriel.

À l'histoire, imaginons.

23/III/06

Sylvain Hotte

Le chagrin des étoiles

Les aventures de F'ro et Lha

roman *fantasy*

LES ÉDITIONS DE LA BAGNOLE
Collection **GAZOLINE**

Le chagrin des étoiles a été publié sous la direction de Jennifer Tremblay.

Conception graphique et mise en pages : Folio infographie
Révision et correction d'épreuves : Michel Therrien
Illustration : Polygone Studio
Photo : Mélanie Bédard

ISBN 978-2-923342-29-0
Dépôt légal 2008
Bibliothèque et Archives nationales du Québec
Bibliothèque nationale du Canada

Les Éditions de la Bagnole
Case postale 88090
Longueuil (Québec) J4H 4C8
leseditionsdelabagnole.com

Les Éditions de la Bagnole remercient de leur soutien financier le Conseil des Arts du Canada et la Société de développement des entreprises culturelles du Québec (SODEC).

Le blizzard sur la montagne n'avait cessé de gagner en intensité depuis le matin. La neige s'était mise à tomber dès le lever du jour, tout d'abord légère et clairsemée, mais ensuite très lourde et dense, au fur et à mesure que forçait le vent. Et maintenant que la journée était bien avancée et la tempête bien installée, on n'y voyait plus rien.

Debout, sur une paroi rocheuse, à l'abri du vent, deux êtres se tenaient enlacés. Ils étaient revêtus d'une jolie armure à plaques de métal argenté reliées par des courroies de cuir. Ils portaient aussi un casque, surmonté de plumes d'oiseau, maintenant tout enneigé. À leur taille, dans un fourreau de cuir, on devinait une petite épée à pommeau doré, finement sculpté.

Ils se tenaient serrés fermement dans les bras l'un de l'autre, et il émanait d'eux une étonnante lueur qui colorait le blizzard tout autour d'une teinte bleu pâle. Le vent et la neige semblaient dévier de leur trajectoire, contournant la lumière, comme s'ils cherchaient délibérément à les épargner un peu. Ils avaient de grandes oreilles qui dépassaient de leur chevelure abondante et de longues incisives sous leur nez très avancé. Et, chose inusitée, ils avaient chacun une longue queue, comme celle des rongeurs, qui se prolongeait depuis le bas de leurs dos en sortant de leurs habits pour se lover à leurs pieds dans la neige. L'un était un garçon, et l'autre une fille.

Sous les hurlements du vent qui s'engouffrait dans les vallées de la montagne, il leur fallait élever la voix pour se faire entendre.

— Tu es sûr qu'il s'en vient? demanda la jeune fille.

— J'en suis persuadé, répondit le garçon.

— J'ai pourtant l'impression de l'avoir senti arriver tout à l'heure. Il m'a semblé être tout prêt. Peut-être a-t-il fait demi-tour.

— C'est impossible! dit-il.

Sa queue se détacha de celle de sa compagne et il s'éloigna d'elle en faisant quelques pas précipités dans la neige pour s'avancer près du ravin qui s'étirait au bas de la paroi. S'il n'avait pas fait tempête ce jour-là, F'ro aurait pu voir toute la vallée où coule la rivière Hen'e. Et aussi son village natal qu'il habitait en paix avec Lha avant d'avoir eu à fuir avec elle dans la montagne.

Le garçon se retourna vivement.

— Khar ne nous abandonnera jamais.

— Alors, tu ne crois pas comme moi qu'il lui est arrivé malheur ?

— Tu te rends compte de ce que tu dis ?!?

Lha alla rejoindre F'ro, sa chère âme sœur. Elle l'enlaça et le ramena contre la paroi, à l'abri du vent.

— J'ai froid, dit-elle. Réchauffe-moi.

Ils s'appuyèrent l'un contre l'autre, leurs queues de Souris se nouant de nouveau. Ils portèrent un regard inquiet sur le blizzard, cherchant un signe de Khar, le Corbeau géant, celui qu'ils avaient appelé à leur secours et qui devait venir jusqu'à eux.

Ce qu'ils ne pouvaient distinguer dans cette tempête, c'était la silhouette du grand oiseau à plusieurs centaines de mètres de leur position sur le flanc de la montagne ; son corps au plumage noir criblé[1] de flèches, la neige en train de l'ensevelir complètement.

* * *

Il était très faible et à bout de souffle, mais toujours conscient. Ses yeux étaient remplis d'une profonde amertume, une immense lassitude l'avait envahi, au fur et à mesure que glissaient en lui la mort et le froid.

---

1. Couvert.

Khar, le grand Corbeau, avait voyagé depuis les grandes forêts du nord, pour secourir ses amis de la plaine. Il avait entendu leurs prières et avait vu les signaux de fumée qu'ils avaient envoyés dans le ciel. L'oiseau avait alors volé jour et nuit, sans s'arrêter, jusqu'à ne plus sentir ses ailes.

Il fut surpris par la tempête qui s'abattait sur la montagne. Il savait combien c'était périlleux de poursuivre sa route dans le blizzard; ses grandes ailes souffriraient de la neige et de la glace, mais jamais il n'aurait abandonné. Rien au monde n'aurait pu l'empêcher d'aller à ce rendez-vous.

Il ne se doutait pas de ce qui allait suivre. Sitôt qu'il sentit la première flèche le transpercer, il voulut trouver un abri. Mais de nouveaux projectiles émergèrent de la tempête et le blessèrent à mort. Ses forces l'abandonnèrent sur-le-champ et il atterrit violemment sur le flanc de la montagne, cinquante mètres plus bas.

Il s'endormit et ne se réveilla qu'un instant pour voir devant lui, dans la neige, des créatures étranges qui tâtaient son corps avec appétit. Elles avaient la peau vert pâle et blanchâtre par endroits. Elles roulaient de grands yeux globuleux en sortant de leur large bouche une langue rose et très épaisse.

— F'ro, Lha, pensa l'oiseau. J'aurais tellement voulu vous aider.

Il releva la tête et regarda passivement les affreuses créatures qui commençaient à le dévorer en lui arrachant les plumes. Puis il appuya sa tête de Corbeau sur la neige et ferma les yeux à jamais.

* * *

— Ça va? demanda Lha.

— Ça va, répondit le garçon, la voix étranglée par l'émotion.

La neige s'était arrêtée soudainement, et le vent était tombé d'une manière aussi subite. Il ne restait plus dans le ciel que de lourds nuages gris, immobiles.

— Khar ne viendra pas, poursuivit F'ro.

Le grand Corbeau ne viendrait pas à leur secours. Tous les deux, serrés l'un contre l'autre, avaient ressenti la mort atroce de l'oiseau. Lorsqu'ils s'enlaçaient ainsi, leurs impressions ne pouvaient pas les tromper.

— C'est la fin de l'espoir, tu crois?

— Non, dit F'ro en serrant les poings. Il faut continuer la lutte contre Targ et ses Crapauds. La vallée du Hen'e est à nous.

— Peut-être que So Li a raison. Peut-être qu'il vaut mieux...

— Au diable, So Li! ragea le garçon. Il est vieux et a cessé d'espérer.

— F'ro, fit la jeune fille, c'est mon oncle...

— Je suis désolé, Lha. Tu sais très bien que je refuse de m'en tenir à sa raison.

Malgré sa peine, la jeune fille partageait la même conviction que son compagnon. Elle sourit en acquiesçant tout doucement. Tant qu'ils étaient ensemble, tout était possible. Ils allaient passer la nuit dans la montagne près d'un feu réconfortant à se raconter des histoires. Mais au matin, il faudrait se déplacer à nouveau. Ils ne pouvaient jamais demeurer longtemps au même endroit; les Crapauds de Targ auraient vite fait de les retrouver avec leurs nombreuses patrouilles. Et le lendemain, quelle nouvelle journée les attendait? Quelle affreuse malédiction ferait encore tomber sur eux le sorcier des Crapauds?

* * *

À la fin du jour, sur une petite route isolée, à proximité de la ville de Hen'e, se trouvaient deux êtres appartenant à la même espèce que F'ro et Lha: celle des Souris. Plus grands, ils avaient de sombres traits sur leurs visages allongés, qui trahissaient un certain âge. C'était un homme et une femme. Ils étaient vêtus d'une longue robe; bleu pâle pour l'homme et mauve foncé pour la femme. Ils regardaient tous les deux en direction de la grande montagne qui se découpait dans le coucher du soleil.

— Tu crois qu'ils vont réussir ? demanda l'homme.

— Je ne sais pas, répondit la dame. Je n'aime pas cette histoire de Corbeaux. Ils sont trop imprévisibles. S'ils devaient venir ici, ils pourraient tous nous avaler, Crapauds et Souris.

— Moi non plus, je n'aime pas trop cette idée. Mais si notre proposition est claire et honnête, peut-être que le roi des Corbeaux sera raisonnable. Je ne vois pas d'autre solution. Souhaitons que tout aille bien pour Lha et F'ro.

Sur la route à travers les champs apparut un groupe de cinq individus. Ils avançaient en faisant de grands sauts coordonnés, les uns à la suite des autres. Les torches qu'ils tenaient en main laissaient de longues traînées de fumée et d'étincelles qui se détachaient sur le firmament bleu profond et étoilé.

— Tu crois qu'on a une chance de s'en sortir ? demanda la dame d'un air stoïque[2].

Seul son petit nez très pointu, qui s'agitait de tous les côtés, trahissait une grande nervosité.

— Je ne sais pas, lui répondit son compagnon qui lui prit le bras en s'appuyant tout contre elle. Il faut prier et espérer, ma chère.

---

2. Sans émotion apparente.

Les cinq gaillards qui vinrent à eux étaient larges et massifs. Ils s'avancèrent d'un pas lourd en exposant à la lumière de leurs flambeaux leurs affreux visages de Crapauds, ronds, verts et couverts de verrues. Ils avaient une bouche très large et de grands yeux globuleux, vides et sans expression aucune ; des yeux reptiliens qui annonçaient d'une manière effrayante le caractère violent de ces êtres sans émotion.

— Qui va là !? demanda leur chef d'une voix lente, âpre[3], au ton acerbe[4], propre à cette race de batraciens.

Les Crapauds parlaient toujours très lentement, mettant longuement l'accent sur les dernières voyelles et ne prononçant presque pas les premières, de sorte qu'il fallait être très attentif quand ils s'exprimaient si on voulait les comprendre.

— Nous sommes des apôtres en prière, fit l'homme Souris en levant la main en signe de paix. Nous avons marché longtemps et nous avons été surpris par la nuit qui tombe rapidement en cette saison.

— Il est interdit de sortir après le couvre-feu ! fit le chef de la troupe.

---

3. Rude.
4. Désagréable.

— Vous êtes condamnés ! hurla un soldat à ses côtés.

— À mort ! À mort ! crièrent les autres.

Ils se jetèrent sur les deux apôtres, qu'ils dévorèrent.

* * *

Au matin, il pleuvait abondamment sur la montagne. Cela semblait irréel en altitude où, d'ordinaire, il aurait dû neiger. Depuis l'arrivée des Crapauds de Targ, une magie étrange et malsaine s'était emparée du climat, le rendant changeant et imprévisible. Il faisait une chaleur épouvantable pour la saison et l'humidité était telle que F'ro et Lha avaient de la difficulté à respirer.

Ils ramassèrent leur petit campement en s'efforçant d'effacer toute trace de leur passage, pour éviter d'être pris en filature[5] par les créatures de Targ. Heureusement pour eux, les Souris[6] se déplaçaient beaucoup plus rapidement que les Crapauds sur les pentes escarpées. S'ils étaient repérés, ils pouvaient distancer aisément leurs poursuivants grâce à leur vitesse et leur agilité. Ce jeu du chat et de la souris durait depuis plusieurs mois, déjà.

---

5. Suivis et espionnés.
6. Dans ce récit, le mot *Souris* est du genre masculin, sauf lorsqu'il désigne spécifiquement un être de sexe féminin.

Après plus de trois heures de marche, sur des sentiers qu'ils connaissaient par cœur, ils furent surpris d'entendre une patrouille approcher. Incapables de retourner sur leurs pas, ils durent se trouver rapidement un endroit pour se cacher. Ils se blottirent dans un coin inconfortable entre deux grosses pierres très effilées, plus bas sur la pente, à une vingtaine de mètres du sentier.

Les batraciens ont un odorat extrêmement fin. Lha et F'ro remercièrent le ciel de s'être trouvés sous le vent, de sorte que les Crapauds ne purent capter leurs odeurs. L'inverse aurait pu être critique. Le vent soufflait du haut de la montagne comme s'il glissait depuis le sommet. S'ils s'étaient trouvés au vent des Crapauds, ces derniers les auraient sans doute débusqués[7].

Les créatures approchaient avec leurs bonds lourds qui faisaient trembler le sol. Ils avaient de la difficulté à se déplacer à flanc de montagne et faisaient des sauts courts et désordonnés. Depuis des mois, ils chassaient sans relâche les deux Souris renégats[8]; depuis des mois, sans jamais arriver à mettre la main dessus. Épuisés, les Crapauds cessèrent leur marche et firent une très longue pause, au grand désarroi de F'ro et de Lha.

---

7. Obligés à quitter leur cachette.
8. Infidèles à leur patrie, traîtres.

Ceux-ci, dans une position vulnérable, coincés entre les pierres, restèrent sans bouger pendant un long moment. La patrouille n'était qu'à trente mètres et le moindre mouvement ou le moindre bruit les révélerait à ces êtres cruels.

Les Crapauds ont cette manière étonnante de demeurer immobiles, silencieux, accroupis avec leurs longues jambes qui leur montent de chaque côté de la tête. Ils restèrent longtemps ainsi quand soudain, sans prévenir, leur chef bondit. Ses guerriers en firent autant à sa suite. Après une série de sauts tout d'abord lents, et ensuite plus rapides, ils disparurent derrière les grandes parois rocheuses à l'est.

F'ro et Lha émergèrent de leur cachette en s'élançant sur le sol et en secouant leurs membres ankylosés. La pluie avait cessé pour faire place à un épais brouillard. La journée tirait déjà à sa fin et dans quelques heures, il ferait froid.

— Ben, ceux-là! dit F'ro. Je n'ai jamais vu une pareille bande de paresseux depuis que nous sommes dans cette montagne. On devrait les dénoncer à Maître Targ.

— Bonne idée, fit Lha qui rigolait tout en massant ses jambes engourdies.

Ils partirent au pas de course dans la brume, main dans la main.

C'était là le moment de la journée qu'ils préféraient : quand la brume se levait avec la fraîche et qu'ils pouvaient se déplacer sans crainte d'être repérés. Le climat étonnant que faisait naître Targ et les siens sur la montagne tournait parfois à leur avantage... Pour quelques heures seulement.

Ils traversèrent le sentier, pour filer tout droit dans un ravin, puis sur une grande pente à découvert sur le flanc nord-est. Ils stoppèrent là leur course enjouée. À près de vingt mètres de leur positon, ils aperçurent une carcasse sur le sol. Un grand oiseau avait été dépecé, et il ne restait que les os, des plumes qu'avait éparpillées le vent, et d'affreuses taches de sang noirci sur les pierres.

Lha détourna aussitôt la tête, refusant de regarder ce spectacle macabre. F'ro la quitta pour s'avancer d'un pas lent vers le cadavre et contempler l'insupportable. Il entendit son nom que prononçait sa compagne du bout des lèvres.

— Pourquoi t'imposer une chose pareille ?

— Je veux voir de mes yeux ce que ces affreux ont fait au meilleur ami de mon père. Khar a répondu à notre appel et a fait un long voyage. Il a sacrifié sa vie pour nous.

Dans le brouillard qui remontait par la vallée, et dans le vent frais qui se levait, F'ro et Lha ramassèrent patiemment chacun des morceaux de Khar le grand Corbeau. Des os et des lambeaux de chair qu'ils prenaient dans leurs mains, en retenant tout en eux la peine immense qui voulait éclater à tout moment.

Ils déposèrent les restes de Khar sur une couverture qu'ils plièrent et qu'ils enterrèrent au pied de la falaise. F'ro allait écrire un mot à la mémoire du Corbeau qu'il n'avait jamais connu, mais dont son père lui avait tant parlé. Il eut à peine le temps de graver le premier caractère, que Lha lui tapait sur l'épaule. Une patrouille approchait. On pouvait entendre des sauts pesants qui secouaient la pierre. Les Crapauds de Targ étaient si faciles à repérer, si imbéciles... Mais aussi, ils étaient si nombreux. Et il semblait en arriver de plus en plus tous les jours par la grande route qui venait du sud.

Ils quittèrent l'endroit au pas de course en descendant la pente brumeuse. Ils connaissaient un endroit plus bas où ils pourraient passer la nuit à l'abri de la neige et du froid.

— Je reviendrai, promit F'ro en regardant une dernière fois la falaise derrière lui. Je reviendrai graver ton nom en ta mémoire, ô Khar. À ta mémoire et à celle de mon père.

* * *

Au milieu d'une salle immense, si sombre qu'on ne voyait ni le plafond ni les extrémités, était assis un énorme Crapaud aux chairs flasques, à la peau cuivrée et recouverte de verrues dégoûtantes. Il siégeait sur un magnifique trône en or massif, incrusté de joailleries. Ainsi installé, de manière dévergondée, Maître Targ faisait une véritable profanation[9] de ce chef-d'œuvre qu'était le trône royal de Hen'e.

D'aussi loin qu'on se souvienne, personne n'avait osé s'asseoir sur le trône. L'époque des dieux était révolue. C'était l'ère des apôtres chez les Souris et le trône en or était une relique[10] du passé qu'on vénérait comme un objet sacré, sans plus. Mais gare à celui qui oserait le profaner. Targ le Crapaud en avait fait son siège sans jamais se soucier du caractère sacrilège[11] de son geste et de l'outrage[12] qu'il faisait à la communauté du Hen'e.

— Soyez heureux, habitants de la Vallée! avait clamé l'affreux. Aujourd'hui se termine une longue ère de chaos[13]. Celui que vous attendiez depuis si longtemps, Targ le Crapaud, votre roi bien-aimé, est arrivé!

Et depuis, il n'y avait eu que malheur et souffrance pour les Souris. Aussitôt la ville envahie par Targ et ses légions de Crapauds baveux, la plupart

---

9. Manque de respect envers un objet sacré.
10. Objet conservé du passé et vénéré.
11. Irrespectueux d'une chose sacrée.
12. Offense.
13. Période de désordre social.

des nobles avaient été dévorés sur la place publique. On avait toléré que survivent les apôtres, qui faisaient figure d'autorités spirituelles sur leurs congénères. Et bien évidemment, on avait laissé la vie sauve aux artisans: potiers, tisserands, forgerons, etc., qui fabriquaient des biens que saisissaient les Crapauds pour les vendre sur les grands marchés intercontinentaux. Il ne se passait pas une journée sans que de longues caravanes quittent la vallée du Hen'e vers d'autres lieux, pour revenir chargées d'or, d'épices et de pierres précieuses. Les Crapauds étaient riches, immensément riches, et faisaient trembler tous les peuples de cette région du monde.

Mais outre cet esclavage odieux auquel les Crapauds soumettaient les artisans, ce qui était le plus insupportable pour les habitants de la ville c'était ces histoires monstrueuses qu'on entendait plusieurs fois par jour, où l'on racontait que d'honnêtes citoyens avaient été engloutis vivants par les patrouilles de Maître Targ.

Le chef des Crapauds, écrasé sur le trône, les jambes croisées l'une sur l'autre, agitant un long pied palmé, regardait nonchalamment un vieil homme au dos courbé qui se déplaçait de long en large devant lui. C'était So Li, le Grand Apôtre. Il portait une longue robe d'un bleu clair et profond aux reflets métalliques. Il semblait très anxieux.

— À quoi bon ces mouvements incessants? finit par dire Targ avec son accent de batracien. Les Souris m'énervent. Ils vont toujours trop vite, dans toutes les directions. Mais qu'avez-vous, monsieur Li, à être si nerveux?

Le vieillard cessa son manège pour s'avancer au-devant du chef des Crapauds. Il avait de la difficulté à contenir sa colère. Il leva une main qui tremblait.

— Maître Targ, dit le vieux, deux apôtres ont été trouvés sur la route. Ils ont été dévorés!

— Et alors? répondit Targ en bâillant de façon outrageante. En quoi cela me concerne-t-il?

Le vieil apôtre prit une longue inspiration en fermant les yeux.

— Nous avons des raisons de croire que vos guerriers sont responsables de ce crime odieux.

— Ah bon! Et quelles sont vos preuves, monsieur Li?

— Nous avons reconnu leurs traces, près des corps. Ce n'est pas la première fois que je vous parle de ces crimes effroyables que commettent...

— Eh bien, l'interrompit Targ, puisque c'est ainsi, nous ferons enquête et nous punirons les coupables. Hugo! Approche!

Un grand Crapaud aux bras très musclés, et avec une sale tête déformée par des cicatrices, émergea de la noirceur qui régnait dans la pièce. Depuis que les Crapauds avaient fait de la grande salle du trône leur lieu de prédilection[14], cet endroit de culte[15] avait été transformé en véritable porcherie où flottait constamment une odeur pestilentielle[16]. Il régnait entre autres une chaleur humide et étouffante, surnaturelle, qui faisait penser au climat qu'on trouvait dans ces marais du sud d'où provenaient Targ et les siens.

Même si la lumière ambiante ne laissait voir que Maître Targ, plusieurs Crapauds étaient là, tapis dans l'ombre de la grande salle du trône. So Li pouvait les sentir qui le regardaient. Il pouvait deviner l'insatiable appétit de ces êtres immondes.

Le grand Crapaud appelé Hugo inclina la tête un court moment en direction de son maître puis se retourna vers le vieil apôtre qu'il fixa d'un regard vide.

— Tu as entendu de quoi il s'agit ? dit Targ à son guerrier.

— Oui, ô mon Maître, répondit le sinistre personnage.

— Je te nomme responsable de cette commission d'enquête. Je veux que tu trouves les coupables

---

14. Endroit préféré.
15. Lieu de prière.
16. Odeur très désagréable, qui transporte des germes de maladies.

et qu'ils soient… euh… suspendus pour trois jours, sans solde[17]. Voilà! L'éthique[18] des Crapauds est une chose inestimable. Il faut que tous nos agents de la paix sachent que nous ne tolérerons aucunement des écarts de comportements qui…

— Ils ont été dévorés!!! hurla pathétiquement So Li qui était sorti de ses gonds.

Le vieil apôtre était envahi par une rage indescriptible. L'insolence de Maître Targ et le peu de respect qu'il manifestait pour la vie de ses congénères l'avaient dégoûté à un point tel que ses pauvres nerfs avaient lâché. Son visage était rouge et crispé. Il tremblait de partout. De l'écume coulait de sa bouche jusque sur les longs poils qui lui descendaient du menton.

Targ regardait avec satisfaction celui qu'il avait nommé intendant de la ville, responsable de la bonne communication et des relations fraternelles entre les Crapauds et les Souris. Il se réjouissait de le voir perdre son sang-froid. Longtemps il avait attendu ce moment et il savourait pleinement cette rage qui venait d'éclater en So Li. Depuis qu'il avait conquis la vallée du Hen'e, le Crapaud avait toujours été exaspéré par l'attitude stoïque de ce peuple. Certains d'entre eux se laissaient même

---

17. Sans salaire.
18. Morale, règles de conduite.

dévorer sans broncher, sans montrer le moindre signe de douleur, se soumettant totalement à la fatalité. Cette colère de So Li était pour Targ la plus grande joie qu'il ait jamais ressentie depuis qu'il était roi et maître dans la Vallée.

Les Crapauds avaient marché plusieurs lunes depuis les grands marais humides qui dominaient le sud du continent. Cela pour leur plus grand profit. Non seulement ils avaient fait fortune en se rendant maîtres de ce peuple docile, mais ils avaient aussi trouvé là un garde-manger exceptionnel. Les Sourís étaient délicieux. Bien sûr, il fallait préserver la population des artisans qui fabriquaient les biens que les Crapauds vendaient pour s'enrichir. Mais comment trouver un sens et une raison d'être à ces apôtres qui méditaient et étudiaient toute la journée, à ces intellectuels qui ne servaient à rien ?

Le grand sorcier était formel dans ses enseignements : il fallait préserver les apôtres, dont la religion, disait-il, allait apaiser le tempérament des artisans et les rendre dociles et travaillants. S'il fallait qu'une révolution[19] éclate dans la ville de Hen'e, tout le commerce s'effondrerait et c'en serait fini des rentrées phénoménales d'argent et de richesses.

---

19. Groupe de citoyens tentant de renverser le gouvernement de son pays.

Targ le comprenait bien. Mais comment retenir ses hommes devant les effluves délicieux dégagés par les Souris tendres et délicats ? Il fermait donc les yeux sur ces accrocs à la règle, lui-même ne détestant pas ronger des os de Souris pour favoriser sa digestion.

— Monsieur Li, dit-il avec un sourire provocateur, vous êtes un homme raisonnable. Et c'est pourquoi vous vous êtes soumis à la supériorité et au raffinement des Crapauds. Et vous savez que la Loi, c'est la Loi. L'exercice de la Loi est une chose sacrée et nul ne peut remettre en question ce qui est écrit dans le texte de la Loi.

Maître Targ sortit de sous son trône un vieux parchemin souillé de vase et tout chiffonné. Il l'agita devant So Li.

— Si nous ne pouvions nous reposer sur l'esprit de la Loi, ce serait l'anarchie[20]. C'est pourquoi nous créerons une commission d'enquête qui étudiera les allées et venues des apôtres. Cette commission, présidée par le très honorable Hugo, sera chargée de déterminer si la loi du couvre-feu a été respectée.

— La loi du couvre-feu !?!

— N'essayez pas de me faire croire que vous ignoriez qu'il y avait une loi du couvre-feu.

---

20. Désordre dû au non-respect des lois.

— Je sais très bien qu'il y a une loi du couvre-feu, poursuivit So Li. C'est la première fois que j'entends dire qu'on est passible de mort violente sans avoir subi un procès.

— Et pourtant, c'est écrit.

— Foutaise! Je la connais votre loi grossière. La peine de mort[21] n'est stipulée[22] nulle part pour ce genre de délit mineur.

— C'est un délit majeur.

— Majeur! Et depuis quand?

Le gros Crapaud mit une petite paire de lunettes ridicule sur le bout de son nez. Il inspecta minutieusement le document dégoulinant de bave. Puis il leva des yeux malicieux sur So Li.

— Depuis ce matin, dit-il.

— Ce... ce matin!

— Eh oui. Il semble qu'une assemblée extraordinaire de la Chambre des Crapauds[23] a eu lieu ce matin en votre absence.

Tous les Crapauds tapis dans l'ombre se mirent à coasser affreusement. So Li dut se mettre les mains sur les oreilles pour se protéger du vacarme. Il pouvait voir leurs yeux orange qui s'agitaient.

---

21. Exécution du coupable.
22. Mentionnée.
23. L'auteur s'amuse ici à établir une analogie avec la Chambre des communes, lieu où on vote les lois dans le régime fédéral canadien.

— On y a discuté de beaucoup de choses, poursuivit Targ. Et entre autres, de cet amendement[24] à la loi sur le couvre-feu, qui a finalement été voté à l'unanimité : crime majeur passible de la peine de mort, immédiate et sans possibilité de comparaître devant un juge... C'est rétroactif à six mois. Mon pauvre monsieur Li, vos apôtres étaient dans l'illégalité ! Est-ce que cette commission d'enquête est bien nécessaire ? Je me le demande. Mais je vois qu'il subsiste des doutes dans votre regard. C'est pourquoi je veux que tout soit tiré au clair. La commission aura bel et bien lieu. Vous pouvez me remercier.

— Foutaise ! s'exclama So li. Tout cela n'est que foutaise !

Maître Targ perdit son regard caustique et sarcastique. Il posa ses deux pieds sur le sol en se penchant légèrement en avant.

So Li blêmit aussitôt devant le regard terrible du Crapaud. Sur le plancher humide, il pouvait entendre le mouvement des autres, dans l'ombre, qui glissaient sur le sol. Il pouvait voir leur sinistre silhouette qui se découpait près de lui. Il devait y avoir là plus d'une trentaine de ces gros Crapauds impotents qui composaient ce que Targ appelait la « Chambre des Crapauds ».

---

24. Correction, amélioration.

— Li, c'est la deuxième fois que vous insultez la Loi. Si vous continuez votre impertinence, vous allez me donner les moyens de ce dont je rêve depuis trop longtemps.

So Li joignit ses mains devant lui et se pencha en inclinant la tête très bas. Il parla d'une voix résignée :

— Mon comportement est inacceptable. Je suis un misérable ver qui déteint sur la magnificence des Crapauds. Je demande pardon pour cet emportement inacceptable.

Targ leva les yeux pour montrer son exaspération devant cette digne soumission. Il préférait l'humiliation de l'esprit qu'on brise par la colère. Il aurait aimé que So Li se traîne à ses pieds en proie à une rage sans nom, l'insultant et lui crachant au visage. Il aurait alors pu jouir du bonheur de le condamner à mort et de le dévorer lui-même devant cette assemblée.

— Ok , So Li. Très bien, je vous pardonne. Bon, maintenant que vous avez terminé vos jérémiades[25] sur la mort de vos apôtres, il y a une chose sur laquelle j'aimerais vous entretenir.

— De… de quoi s'agit-il ?

— Il s'agit de votre nièce et de ce petit chenapan qui l'accompagne. Ils se cachent dans la montagne,

---

25. Lamentations.

depuis des mois. Ils commencent sérieusement à me faire monter la moutarde au nez.

— Je... je suis sincèrement désolé. Ils ont quitté la ville sans ma permission. Je ne les ai pas vus depuis. Vous savez, ce ne sont que des enfants.

— Oui, ce sont des enfants, je veux bien le croire. Et ça m'amusait même de jouer à cache-cache avec eux. Mais, hier après-midi, mes hommes ont intercepté un grand Corbeau de l'est. On m'affirme que ce sont ces enfants qui l'ont invoqué.

— C'est impossible.

— Ça suffit, Li, je ne veux rien entendre! Vous êtes leur mentor. Vous êtes celui que je tiendrai responsable si un Corbeau devait se présenter ici. Si jamais une telle chose devait se produire, ce sera l'extermination instantanée de tous les apôtres et l'avilissement[26] total et sans condition des Souris. C'est compris?!!

Tous les Crapauds dans la grande salle nauséabonde se mirent à coasser. So Li avait la tête qui tournait et les jambes molles. Il ne put faire autrement que reculer de quelques pas.

— Ah oui, termina Targ, en lui lançant un regard vicieux. Avant que vous ne quittiez : je voulais savoir si vous serez présent à notre assemblée pour le vote sur la nouvelle loi concernant les Corbeaux

---

26. Humiliation.

et l'extermination de votre ordre. C'est à cinq heures cet après-midi, je crois. Je crains, par contre, que vous ne soyez minoritaire dans l'opposition[27].

So Li sortit rapidement de la salle du trône sous les coassements insoutenables qui reprirent de plus belle. Il erra dans les rues de la ville en proie à une extrême confusion avant d'aller s'enfermer chez lui.

* * *

Il n'alluma pas de chandelle, malgré le soir qui tombait. Après avoir barricadé la porte avec un pieu de bois, le vieil apôtre s'assit en essuyant son front tout en sueur. Il faisait si chaud et humide dans la salle du trône. Partout où les Crapauds prenaient place, on ne savait par quelle sorcellerie l'humidité et la chaleur augmentaient invariablement, et on avait l'impression de se retrouver dans un véritable marais sous les tropiques. So Li avait même vu la pluie se mettre à tomber du plafond en pleine réunion du conseil. Lorsque cet événement inusité se produisait, les Crapauds s'énervaient à un point tel qu'il fallait ajourner la

---

27. Dans une véritable démocratie, les lois se votent au Parlement (plus précisément à la Chambre des communes, dans notre régime fédéral). D'un côté, il y a le parti au pouvoir et, de l'autre, le parti de l'opposition, dont le rôle est principalement de relever les failles du parti au pouvoir.

rencontre, toutes discussions devenant inutiles. Mais ce qui dégoûtait le plus le vieux sage, c'était cette bave visqueuse et malodorante que les batraciens vomissaient constamment. On en retrouvait partout en ville, dégoulinant sur les murs des maisons, sur le plancher de la grande salle du trône... Les Crapauds n'avaient aucun souci d'hygiène ou de bienséance.

Après avoir repris ses esprits, So Li se déplaça à tâtons dans sa petite cuisine plongée dans le noir. Il rajouta du bois dans le poêle en sentant la chaleur bienfaisante de la braise sur son visage, puis il mit de l'eau à bouillir. Il était persuadé que rien ne lui ferait plus de bien qu'une bonne tasse de thé chaud. Il s'assit de nouveau, en prenant garde de ne pas tomber. Il n'osait pas allumer ne serait-ce qu'une chandelle, de peur que des envoyés de Targ ne viennent le maltraiter ou le tuer. Il se détendit en écoutant silencieusement l'eau qui entrait en ébullition avec ces petits craquements distinctifs dans la bouilloire. Puis il se leva soudainement, aux aguets.

Son cœur battait très fort, ses yeux grands ouverts cherchaient dans l'obscurité. Quelqu'un avait bougé dans le noir, dans la pièce d'à côté, sa bibliothèque.

— Qui est là ? demanda-t-il d'une voix tremblotante.

Il répéta sa question, mais cette fois avec plus de force et d'aplomb. Toujours aucune réponse. Mais il en était sûr, il pouvait maintenant sentir une présence, quelqu'un était là avec lui dans sa maison.

Il saisit les allumettes sur la table de cuisine. Il alluma un bout de chandelle qu'il tint légèrement au-dessus de sa tête. Il faisait sombre dans la bibliothèque. Il lui semblait qu'une odeur étrange venait jusqu'à lui ; une odeur qui ne lui était pas familière dans sa demeure. Courageusement, il entra dans la pièce en posant lentement ses pieds un devant l'autre sur le plancher de bois qui craquait à chacun de ses pas.

C'est alors qu'il sentit de l'eau sur le plancher. Celui-ci aurait dû être sec. Quelqu'un était passé là, inévitablement.

— Qui est là ? fit à nouveau So Li. Je sais qu'il y a quelqu'un.

La lumière de la chandelle se reflétait sur les étagères remplies de bouquins, qui faisaient le tour de la pièce, du plancher jusqu'au plafond. Dans un coin sombre, deux yeux le regardaient. Une masse émergea de l'ombre et fonça sur lui.

Épouvanté, So Li tomba sur le plancher en hurlant.

— Arrrgh ! Au secours ! À moi !!!

— Du calme, Maître So Li, fit la voix d'un jeune homme. C'est moi.

L'inconnu saisit la chandelle sur le tapis avant qu'elle ne mette le feu à la maison. Il la mit devant son visage. Le vieil apôtre, consterné, reconnut aussitôt F'ro le compagnon de Lha. Le garçon le regardait d'un air mi-préoccupé, mi-amusé. So Li se releva prestement, la figure rouge de colère.

— Petit imbécile! Qu'est-ce qui te prend de te cacher comme ça! Tu veux ma mort, c'est ça?

— Je suis désolé, s'empressa de répondre F'ro. Je voulais m'assurer que c'était bien vous qui étiez entré dans la maison.

— Tu veux me faire mourir d'une crise cardiaque?! Tu sais l'âge que j'ai!?

F'ro garda le silence. Il savait que c'était inutile de discuter avec le vieil homme qui avait plus de soixante-cinq ans et qui ne supportait pas la contradiction.

So Li se calma. Il prit la chandelle de la main de F'ro et alluma un chandelier sur pied qu'il y avait près du foyer en pierres. La lumière révéla cette pièce unique qu'était le bureau du Grand Apôtre. Outre les livres par milliers, il y avait un grand bureau avec des cartes du ciel, empilées pêle-mêle. Un télescope trônait en plein centre sur le tapis. Grâce à cette merveille de l'optique, faite en bronze éclatant, le vénérable homme passait sa vie à regarder les étoiles. Il y cherchait les recommandations de la nature et faisait des horoscopes.

— Où est ma filleule? questionna-t-il en s'assoyant à son bureau et en rangeant les cartes.

— Elle devait attendre un moment à l'autre bout du tunnel qu'une lumière soit visible dans la maison. Maintenant que vous avez allumé ces chandelles, elle ne devrait pas tarder. C'était le signal.

— Et que se passerait-il si l'un de vous était attrapé et retenu prisonnier par Targ et ses tortionnaires? Vous deviendriez une menace pour nous autres et pour vous-mêmes, prêts à tout pour retrouver votre moitié. Les couples de Souris ne peuvent être séparés que par la mort.

— Nous n'avons plus le choix de prendre ces précautions, même si ça nous déplaît. Les Crapauds sont partout, c'est devenu trop dangereux.

— Vous avez fait le choix de vous enfuir dans cette montagne! Et aujourd'hui nous risquons de le payer tous!

F'ro ne dit pas un mot. Il avait l'habitude des remontrances faites par l'oncle de Lha. Il regarda sans rien dire une grosse horloge sur le mur. Celle-ci était faite d'un bois noir, très rare dans ce pays. Un lourd pendule se déplaçait de gauche à droite en faisant un énorme tic-tac. Elle indiquait maintenant cinq heures et huit minutes. So Li se passa une main sur le visage en pensant que l'assemblée des Crapauds avait sûrement voté l'ignoble loi. La situation de son peuple n'avait jamais été si désespérée.

Un bruit se fit entendre sous le tapis. F'ro s'empressa de le rouler pour découvrir une trappe de bois dans le plancher. Lha apparut avec son éternel sourire, au grand soulagement de son oncle qui ne pouvait que se laisser amadouer par sa filleule adorée.

Elle prit aussitôt la main de son compagnon et le fixa intensément. Ces courtes séparations semblaient durer une éternité. Ils seraient demeurés des heures à se regarder ainsi, les yeux dans les yeux et à luire de cette magnifique lumière, si ce n'avait été de So Li se raclant la gorge pour réclamer leur attention.

— Personne ne t'a vue depuis le poulailler du vieux Mat? demanda-t-il.

— Non, mon oncle, répondit Lha. Il n'y avait personne.

— Tant mieux, parce que Targ n'entend plus à rire avec vous deux. Cette histoire de Corbeau n'était rien d'autre que de la folie.

— Khar était un ami fidèle de la famille de F'ro. Il a été assassiné par les Crapauds.

— Voilà où ça l'a mené de s'acoquiner avec une famille de vagabonds!

— Mon oncle! s'exclama Lha.

Celui-ci regarda sa nièce d'un air dépité. La journée avait été effroyable et il savait qu'il se comportait mal en perdant son sang-froid. Mais il n'avait jamais pu comprendre comment les étoiles avaient pu favoriser une telle union entre sa précieuse Lha et ce bon à rien, ce vagabond de F'ro. Comment une chose pareille avait-elle été possible ?

Lorsque la jeune fille, pleine d'enthousiasme, était venue lui dire qu'elle croyait avoir trouvé celui qui partagerait sa vie, le vieil homme avait aussitôt rejeté du revers de la main une telle union. Impossible qu'une fille de bonne famille, destinée à devenir un Grand Apôtre, puisse se marier avec le fils d'un voyageur et aventurier. Mais devant l'insistance de sa filleule, il avait quand même tenu le cérémonial traditionnel.

— D'accord Lha, puisque tu insistes, je vais consulter les étoiles. Mais je t'avertis. Si leur réponse est négative, tu devras supporter ta peine. Les augures[28] sont irrévocables[29].

Par une nuit claire, sur une grande colline d'où on avait une vue spectaculaire sur la voûte céleste, So Li avait tourné son grand télescope doré vers les étoiles. Il profila la carte du ciel de Lha et de F'ro. Ce qu'il découvrit le renversa complètement. De toute sa vie, il n'avait jamais vu une destinée si bien tracée. Comme si les dieux avaient déplacé les étoiles pour créer une immense constellation rien

---

28. Tout signe grâce auquel on prétend prédire l'avenir.
29. Qui ne peut être changé. Fatalité.

que pour eux. Ils avaient été choisis l'un pour l'autre et leur magie serait grande. Tel était le message qu'adressaient les dieux de l'infini. Même en tant que Grand Apôtre, il avait été impossible à So Li de s'opposer à cette union.

Malgré les étoiles, il n'avait jamais aimé F'ro. Le jeune garçon était le fils d'un aventurier dénommé F'har, un homme sans convictions, sans foi ni loi, qui était mort au cours d'un grand voyage à travers le continent. Il avait laissé à son fils unique les privilèges obtenus grâce à ses nombreux actes héroïques, entre autres le pouvoir d'invoquer un grand Corbeau à qui il avait sauvé la vie, jadis.

Il fallut beaucoup de morts et d'atrocités dans la vallée du Hen'e avant que So Li et les apôtres acceptent qu'on fasse appel à un Corbeau et à la science de F'ro, à cause du danger que représentaient ces oiseaux inquiétants. Les Corbeaux étaient réputés êtres cyniques et impitoyables. Et à l'heure même où ils se parlaient, à la lueur d'une chandelle, il était voté par l'assemblée des Crapauds que tous les apôtres seraient exterminés si un Corbeau était aperçu dans la Vallée.

Le regard de sa filleule, teinté de reproches, lui ramena un peu de sa raison et de son humanité. Il s'adressa à F'ro avec empathie[30].

---

30. Capacité à se mettre à la place de quelqu'un d'autre.

— Je suis désolé, mon garçon, finit par dire So Li en tremblant. L'ami de ton père est mort et nous voilà dans une situation encore plus intenable. Les vénérables Ann et Pho ont été mangés comme du bétail par ces affreux. Quel horrible destin ! Un couple parmi les plus sages de notre ordre, qui avait consacré sa vie à l'étude des nuages et du vent. Tout est perdu...

— Et l'espoir, oncle So Li ? Cet espoir merveilleux que vous nous avez enseigné depuis que nous sommes tout jeunes.

— Je suis désolé, mes enfants. Je ne vois plus qu'un ciel noir sans étoiles et un soleil disparu à jamais.

— Eh bien, vous vous trompez, fit Lha. Dans la montagne, là-haut, nous pouvions encore voir le soleil se coucher à l'ouest. Je refuse de me laisser abattre, c'est impossible qu'il en soit ainsi.

So Li, assis sur le bout de la chaise, face à son bureau, se frotta le visage de ses deux mains. Il pouvait voir de la lumière dans le cœur de ce garçon et de sa nièce adorée ; tous deux, debout devant lui, pleins de jeunesse et de convictions. Mais le désespoir pesait si lourd et semblait s'accentuer dans la pièce à chaque tic-tac de l'horloge. Il haussa les épaules en faisant signe qu'il ne savait pas quoi dire, quoi répondre, ni même quoi penser.

— Et ce sorcier dont personne ne parle, mais dont tout le monde connaît l'existence ? dit F'ro. Si la solution à nos problèmes passait par ce sorcier ? Sans l'appui du sorcier, les Crapauds ne seraient peut-être jamais venus jusqu'à nous. Peut-être est-ce à lui qu'il faut s'adresser ? Si on pouvait l'abattre...

So Li leva un regard pathétique[31] sur le jeune homme.

— L'abattre ? Mais quel est ce langage qui n'appartient à aucun Souris ? Regardez vos esprits purs qui se troublent et s'empoisonnent de ce mal qui nous ronge... Quel malheur que ces propos guerriers ! F'ro, ce sorcier habite des contrées si lointaines qu'il faut des lunes pour se rendre jusqu'à lui. Il faut affronter des marais empoisonnés où règne une chaleur atroce et où on attrape les pires maladies. On dit qu'il y a là des bêtes immenses et sauvages, aux côtés desquelles les Crapauds de Targ ont l'air de vulgaires pucerons. Et encore, si par miracle un être, quel qu'il soit, arrivait jusqu'au sorcier... Comment pourrait-il s'en prendre à celui qui est doté de pouvoirs si puissants qu'il soumet, depuis le bout du monde, tout le continent à son autorité et à sa volonté ?

---

31. Rempli d'émotion.

* * *

Le tunnel, depuis la maison de So Li, aboutissait au milieu du poulailler du vieux Mat. On émergeait dans un monticule de paille que le fermier laissait là volontairement. Quiconque voulait parler au Grand Apôtre sans éveiller les soupçons pouvait passer par là.

F'ro et Lha se glissèrent discrètement parmi les poules. C'est à peine si les pondeuses ouvrirent l'œil pour observer les deux intrus qui, non contents de les déranger dans leur sommeil, en profitèrent pour leur subtiliser quelques œufs. Les deux voleurs, après avoir écouté longuement à la porte du poulailler, s'esquivèrent.

Ils ne pouvaient pas rester dans la ville. Leur présence mettait non seulement leur vie en danger, mais aussi celles des gens qu'ils fréquentaient. Il leur fallait retourner à la montagne pour reprendre leur vie de fugitifs[32], mais ils n'en avaient pas envie. En longeant le mur du poulailler, ils trouvèrent un gros baril de bois sur lequel ils s'assirent en se tenant la main et en regardant la ville en silence.

Avant l'arrivée des Crapauds, la ville bordée par la rivière Hen'e était scintillante, illuminée par des lanternes multicolores que chaque habitant allumait le soir devant la porte de sa maison. De tous

---

32. Personnes en fuite.

les quartiers, on entendait de la musique et des rires jusqu'à tard dans la nuit. Les effluves délicieux de la nourriture qu'on cuisait dans les poêles et les foyers de chaque maison planaient doucement jusqu'au petit matin. Les Souris aimaient faire la fête et avaient une inclinaison naturelle pour le plaisir et le bonheur.

C'était une ville silencieuse et presque morte que contemplaient maintenant les deux amis. Leur main, qu'ils tenaient l'une dans l'autre, exprimait par de petits gestes nerveux le désarroi dans lequel les plongeait l'image de leur ville qui se découpait dans la nuit comme un triste fantôme.

— Nous n'avons pas le choix, dit F'ro. Ça ne peut plus durer. Nous devons aller voir ce sorcier.

— Tu as entendu ce qu'a dit mon oncle?

— Et alors? Tant qu'à demeurer cachés dans cette montagne à tourner en rond...

— Tu as pensé à tous les dangers?

— Quant à moi, il m'apparaît plus dangereux de continuer à vivre dans cette ville que de faire ce voyage. J'aime autant mourir étouffé par un sable mouvant, ou entre les griffes d'une bête féroce, que d'attendre docilement mon tour pour servir de petit déjeuner à un Crapaud.

— Alors, je pense comme toi, répondit Lha. Et il faut partir sans tarder.

Elle se leva, mais fut aussitôt saisie par F'ro qui la força à s'accroupir. Appuyés l'un contre l'autre, ils furent envahis par l'anxiété. Puis ils virent nettement tout près d'eux, à quelques mètres seulement, dans la nuit, un Crapaud qui les épiait. Comment avaient-ils pu être si imprudents ?

D'un geste vif et coordonné, ils bondirent tous les deux sur le toit du poulailler. Au même moment, la créature jaillit de l'obscurité pour renverser violemment le baril qui éclata sous la charge. Ils l'avaient échappé belle. Une seconde de moins et ils étaient empalés par la bête.

Ils détalèrent au pas de course sur la toiture, pendant que, partout sur la ville, s'élevait le chant sinistre des Crapauds géants. En quelques secondes, à peine, des centaines de coassements se faisaient entendre telle une complainte assourdissante. Tous les habitants de la ville, effrayés à l'idée d'un nouveau massacre, se jetèrent sous les lits ou descendirent se mettre à l'abri dans leurs caves.

So Li s'était glissé jusqu'à sa fenêtre. Il tira lentement le rideau pour jeter un coup d'œil à l'extérieur. Devant sa maison, appuyé sur le mur, il y avait un Crapaud assis dans la boue qui coassait à tue-tête.

Il commença à pleuvoir à verse sur la ville. Le vieil apôtre referma le rideau en mettant une main sur son cœur.

— Seigneur! Lha, F'ro... Pourvu que ce ne soit pas vous.

* * *

F'ro et Lha s'étaient élancés du toit du poulailler pour se retrouver entre les branches d'un grand arbre. Ils sautèrent sur le sol et s'enfuirent en courant à travers les champs du vieux Mat. Ils coururent ventre à terre parmi les hautes herbes jusque dans un boisé où ils purent souffler un moment. Et, sans tarder, ils rejoignirent un sentier qu'ils connaissaient bien et qui croisait la grande route du sud. Debout sur celle-ci, regardant anxieusement l'horizon inconnu dans cette nuit sans lune, ils se retournèrent vers la ville de Hen'e. Ils pouvaient voir les silhouettes obscures des Crapauds, qui bondissaient dans toutes les directions en patrouillant les alentours de la cité.

Ils marchèrent tout le jour suivant, ne prenant que des pauses très courtes et espacées, pour aboutir épuisés devant un immense cours d'eau; un grand fleuve qui faisait plusieurs kilomètres de large. Au loin, la rive opposée se dessinait sur un horizon indigo[33] dans le soleil couchant. Ils s'étendirent sur le sable froid qui bordait la rive, parmi de longues herbes qui poussaient en abondance.

---

33. Bleu tirant sur le violet.

Le teint pâle, morts de fatigue, F'ro et Lha n'arrivaient pas à se détendre. La moindre brindille agitée par le vent les faisait sursauter. Et toujours ils levaient la tête pour regarder le cours d'eau majestueux qui s'étendait comme un obstacle infranchissable. Les eaux sombres semblaient hostiles et glacées.

— On m'a déjà parlé du Grand Fleuve, dit Lha, mais je ne l'avais jamais imaginé ainsi.

— Ses eaux coulent depuis les hautes terres de l'ouest pour s'en aller jusqu'à la mer.

— Ton père a déjà vu la mer, F'ro ?

— Non, mais il en rêvait. Par contre, il m'a dit avoir traversé ce fleuve à plusieurs reprises.

— Mais comment ? Et d'où venaient ces Crapauds que nous avons croisés plus tôt dans la journée ?

Cachés parmi les roseaux d'un ruisseau qui longeait la route, ils avaient observé un groupe de Crapauds qui remontaient vers le nord. Ils conduisaient de grands chariots vides traînés par des bœufs immenses. Lha et F'ro reconnurent aussitôt l'une de ces grandes caravanes qui quittaient Hen'e chaque jour chargées du fruit du travail des Souris : tissus, poteries, argenteries et autres produits nés du savoir-faire de ces artisans exceptionnels.

Mais comment avaient-ils pu traverser le fleuve avec les voitures et les bêtes de trait[34] ? Il fallait

_____
34. Destinées à tirer des voitures.

qu'ils aient été transportés d'une manière ou d'une autre. Leurs yeux parcoururent l'horizon et la berge sans trouver aucune réponse satisfaisante.

Ils appuyèrent leur tête l'une contre l'autre en fermant les yeux. Ils demeurèrent ainsi, un long moment. Lorsqu'ils ouvrirent les yeux, il faisait nuit. Le vent soufflait des bourrasques qui agitaient l'herbe et la couchaient sur le sol. F'ro se leva et scruta l'horizon.

— Est-ce que tu l'as vue ? demanda-t-il ?

— Oui, je l'ai vue. Mais où peut-elle bien être ?

Leur esprit s'était envolé pour planer sur la région comme l'aurait fait un oiseau. Dans leur songe, ils avaient vu la caravane des Crapauds qui dérivait sur une grande embarcation animée par les flots. Un homme de grande taille, portant un vêtement qui le couvrait de la tête aux pieds, conduisait la barque emportée par le courant. Il semblait préoccupé, et manœuvrait avec difficulté dans les vagues.

— D'après moi dit F'ro, cette grande barque est plus basse sur le fleuve.

— Tu as remarqué ? fit Lha en le retenant par le bras.

— Remarqué quoi ?

— L'eau.... On dirait qu'elle a baissé.

F'ro porta un regard sur les eaux retirées sur près d'une cinquantaine de mètres. Il n'y avait plus, à leurs pieds, que de la vase et des algues. Ils partirent tous les deux au pas de course dans le sable et les graviers, suivant la rive à travers les herbes hautes.

C'est F'ro, le premier, qui vit la grande barque, dans une petite anse[35] entre de gros rochers. Celle-ci reposait sur la vase, là où s'était retirée l'eau. Sur le pont, un homme était étendu et semblait dormir, enroulé dans de grosses couvertures. Ils décidèrent de ne pas le déranger et de faire de même. Ils s'étendirent dans le sable, à l'abri du vent entre les rochers, et s'endormirent à leur tour en plongeant dans un sommeil profond sous les étoiles scintillantes.

* * *

C'est Lha qui donna l'alerte.

— Attendez! Mais attendez-nous!

F'ro émergea de son sommeil et leva la tête péniblement. Malgré des yeux lourds et une vision embrouillée, il put distinguer le vieil homme sur sa grande barque qui poussait sur le fond avec un grand bâton. L'eau avait remonté et la grande embarcation était à flot et s'éloignait dans la baie.

Celui qu'on appelait communément le passeur leva les yeux pour regarder surpris les deux jeunes gens qui lui envoyaient la main depuis la rive.

---

35. Baie peu profonde.

— La marée monte! cria-t-il. Je ne peux pas attendre. Je dois prendre le courant.

— Nous voulons traverser.

— Je n'ai pas le droit de faire monter des gens de la Vallée à bord, je suis désolé, répondit-il en agitant la main. Au revoir!

F'ro, d'un air décidé, grimpa sur un rocher et mit ses mains en porte-voix.

— Nous ne sommes pas de la Vallée.

— Eh bien... fit l'homme, étonné. Dans ce cas, dépêchez-vous. Je ne veux pas manquer le flot.

Ils plongèrent dans le fleuve sans attendre.

Malgré l'eau froide, ils nageaient énergiquement en s'encourageant l'un l'autre. Ils arrivèrent à bout de souffle à la barque du vieux passeur, qui les aida à monter. Le vieil homme s'empressa de leur donner une couverture pour qu'ils puissent se réchauffer et se sécher. La bouche entrouverte, les lèvres bleuies, les deux Souris grelottaient et de puissants spasmes agitaient tout leur corps. Mais ils demeuraient toujours aussi souriants, et surtout fiers de leur coup. L'homme n'était pas dupe. Il savait très bien qu'il avait affaire à des habitants de la Vallée.

Le soleil du matin qui prenait lentement sa place dans le ciel commençait à réchauffer l'air. F'ro aida le vieil homme en poussant avec lui sur la perche. Ils quittèrent la baie en peu de temps et la plateforme commença à dériver avec le courant du Grand Fleuve.

— Nous vous remercions de nous prendre à votre bord. C'est très généreux de votre part.

— Ah bon, je suis généreux ? Et comment allez-vous vous acquitter de ce voyage ?

Ils haussèrent tous les deux les épaules en signe de confusion. L'homme leur fit savoir que ça n'avait aucune importance. Il leur demanda de s'accroupir et de demeurer sous les couvertures.

— J'ai pour consigne de ne pas faire traverser les gens de la Vallée. Si les Crapauds apprenaient une chose pareille, j'aurais de graves ennuis.

Le passeur semblait un homme affable. Il était grand, avec un dos légèrement voûté trahissant son âge avancé. Sa figure plutôt longue, un peu à l'image des gens de Hen'e, affichait une pilosité épaisse qui cachait presque ses yeux. Son pelage était d'un brun sombre et luisant. Une grande cicatrice parcourait son visage, de sa bouche jusqu'à l'oreille gauche qu'il n'avait plus. Il appartenait à une espèce très discrète, vivant près des cours d'eau : les Rats-Musqués.

— Un jour que je traversais le fleuve, dit-il, j'ai refusé de jeter des prisonniers hors de ma barque. Un Crapaud m'a frappé avec son épée sur le côté de la tête. Il m'a arraché l'oreille et les prisonniers ont quand même été noyés.

— C'est affreux ce que vous racontez là.

— Oui. Si j'avais jeté ces gens à l'eau, j'aurais encore mon oreille. Ils allaient perdre la vie, de toute façon.

— Mais votre âme aurait été blessée à jamais, fit Lha qui sortit sa tête de sous la couverture.

— Exactement, jeune fille, répondit l'homme dont les petits yeux clairs s'illuminèrent. Tu sais lire dans les cœurs. J'ai perdu mon oreille, mais j'ai la conscience tranquille. Et aujourd'hui, c'est à cause de cette oreille qui me manque que j'accepte de vous aider.

L'embarcation dérivait maintenant avec la marée montante. À l'aide d'un grand aviron fixé à l'arrière, le passeur godillait[36] en orientant son embarcation dans le courant. Il fallait près de six heures à la marée pour monter, il en fallait presque autant pour faire la traversée.

Un quai de bois s'avançait dans une anse. Il devait être autour de midi, lorsque la barque accosta sur l'autre rive. Plusieurs familles étaient là à attendre, et le passeur maugréa pour lui-même :

— Je ne sais pas si j'aurai la force de faire une nouvelle traversée, aujourd'hui. Mais j'ai besoin de cet argent.

Il salua F'ro et Lha en leur recommandant la plus grande prudence. Il leur fit promettre que, si on

---

36. Manœuvrer avec la godille (aviron de l'embarcation).

leur demandait comment ils avaient traversé la rivière, ils répondraient n'importe quoi, sauf la vérité. Ils acquiescèrent en le remerciant de nouveau, avant de se mettre en marche sur ces terres inconnues.

De grandes collines s'élevaient à l'ouest. Devant, c'était la plaine à perte de vue. La route, cahoteuse, s'y enfonçait comme une ligne droite, tracée jusqu'à l'horizon. Ils se retournèrent plusieurs fois vers le passeur qui s'éloignait en descendant le fleuve avec la marée. La grande barque paraissait toute petite et on pouvait voir nettement le courageux vieillard appuyé sur son aviron.

Ils marchèrent jusqu'à la fin du jour. À plusieurs reprises, ils crurent voir les silhouettes lointaines de bêtes qui les observaient, tapies dans l'herbe haute. Et une fois le soleil couché, des hurlements lugubres leur donnèrent des frissons. Malgré la crainte et le désir de rebrousser chemin, ils poursuivirent leur route en marchant prestement dans la pénombre jusqu'au pied d'un arbre qu'ils avaient aperçu plus tôt. Ils y grimpèrent en espérant y passer la nuit à l'abri des dangers, inquiets dans ce nouveau monde qui leur était étranger, dans cette nature sauvage et inconnue.

* * *

Le vieux passeur avait mené les voyageurs sur l'autre rive. La traversée s'était déroulée sans anicroche. Le vent avait été plus clément, et sa barque ne fut pas déportée comme la veille. Après un accostage réussi, l'homme aidait la famille à débarquer leurs bagages. C'est alors qu'il releva la tête pour montrer un air inquiet. Une bande de guerriers Crapauds s'était présentée sur le quai en faisant trembler de leurs grands bonds la structure de bois.

C'était un petit détachement militaire, aux allures brutales. Leur chef était étonnamment grand pour un Crapaud, eux qui, d'ordinaire, avaient tendance à être plutôt courts et très gros. Celui-ci était maigre et avait des bras très longs et très musclés. Les Crapauds aimaient faire la guerre avec une corne de fer qu'ils portaient sur leur casque et qui les faisait ressembler à des rhinocéros. Avec une poussée de leurs puissantes jambes, ils empalaient d'un coup de corne leurs adversaires, incapables de résister à une charge pareille. Mais celui qui dirigeait cette bande aimait bien manier une grande épée qu'il portait à la ceinture.

Le vieillard connaissait bien cet être capable d'une violence inouïe, celui-là même qui lui avait coupé l'oreille, jadis. C'était Hugo, le chef de guerre des Crapauds de Targ.

— Passeur, fit ce dernier d'une voix froide et austère, mène-nous de l'autre côté.

— Messire Hugo, j'ai déjà fait deux traversées aujourd'hui. Je suis très épuisé. Ce serait imprudent et dangereux pour moi comme pour vous et vos hommes.

— Ne discute pas. Il y a déjà trop longtemps que nous t'attendons.

Le passeur acquiesça en se préparant nerveusement au largage des amarres[37]. Il savait qu'il n'y avait aucune discussion possible avec ces Crapauds qui s'exprimaient toujours de façon laconique et sans équivoque. Ils sautèrent l'un après l'autre dans l'embarcation qui tossa[38] durement sur le quai.

À l'aide de sa grande perche, le vieux éloigna la barque qui reprit le courant de marée montante. C'était le troisième voyage en une journée pour le vieillard qui regardait avec inquiétude les eaux noires et agitées du fleuve. Il était las, et sans énergie. La rive sud, dans le soleil couchant, montait et descendait au rythme de la houle. Le ciel était étrange. Il lui sembla qu'une lumière mystérieuse provenait de ces terres lointaines où s'en étaient allés les deux jeunes Souris. Il se demanda s'il n'allait jamais les revoir, eux comme le jour. Une forte vague secoua l'embarcation et il se retint à son aviron.

---

37. Se débarrasser des cordages qui retiennent le bateau, prendre la mer.
38. Cogna plusieurs fois.

Tous les Crapauds demeuraient immobiles, leurs paupières s'ouvraient et se refermaient lentement sur leurs gros yeux globuleux. On ne savait jamais s'ils dormaient ou s'ils veillaient. Ce qui les rendait encore plus sinistres.

Au bout d'une heure, Hugo tourna la tête vers le passeur.

— Est-ce que tu as transporté des habitants de la vallée du Hen'e ?

— Heu... non, fit le vieil homme. Bien sûr que non.

— Tu sais qu'il est interdit par la loi de faire passer des gens de la Vallée.

— Je le sais.

— Alors, réponds-moi à nouveau : est-ce que tu as transporté deux jeunes gens, une fille et un garçon ?

L'immense Crapaud avait un regard cruel et sans âme. Le vieil homme sentait son cœur s'affoler. Les deux mains toujours sur son aviron, il sentit le roulis sur le fleuve lui monter à la tête. Il vit les montagnes au loin se mettre à tourner dans le ciel, puis il s'effondra, inconscient, sur le pont.

Le passeur s'éveilla couvert de la bave des Crapauds. Sa peau lui brûlait comme le feu. Il voulut se retourner, mais en fut incapable, ses deux mains étant attachées derrière le dos. En ouvrant les yeux, il vit Hugo qui se tenait au-dessus de lui et qui le regardait avec ses grands yeux. Sa large bouche dégageait une haleine chaude et pestilentielle.

— Que tu aies répondu oui ou non n'a aucune espèce d'importance. Nous t'avons vu ce matin sur le fleuve en compagnie des deux gamins.

La nuit était tombée et les étoiles brillaient ardemment dans le ciel. Quelques nuages commençaient à brouiller légèrement la voûte céleste. Il n'y avait qu'un vent léger et on n'entendait que le clapotis régulier des vagues contre la barge. Les Crapauds dévorèrent le vieillard puis jetèrent ses restes dans les eaux du fleuve.

Au milieu de la nuit, Hugo et sa bande accostaient sur la rive sud.

— Que faisons-nous, ô Hugo ? demanda l'un d'eux.

— Ils ont douze heures d'avance, fit le sinistre chef en humant le sol près du quai.

— Ils n'ont aucune chance de nous échapper.

— Les consignes de Targ sont très claires : il ne faut en aucun cas qu'ils parviennent jusqu'au sorcier.

* * *

Il faisait nuit noire. Des nuages avaient recouvert le ciel en s'amenant avec un vent chaud et humide qui soufflait de l'est. Les feuilles de l'arbre s'agitaient alors que balançaient doucement les branches. Les deux Souris ne dormaient pas. Ils s'étaient éveillés en sursaut, assaillis par une prémonition.

— Tu le vois aussi ? fit la voix nerveuse de Lha.

— Oui, je le vois. Il s'en vient vers nous.

— Qu'est-ce qu'on fait ?

Le dos appuyé contre le tronc de l'arbre, assis à califourchon sur une branche, F'ro ne savait quoi répondre à son amie. Son cœur battait très fort et son regard ne pouvait se détacher de cette créature qui avançait dans la nuit avec ses yeux qui brillaient d'un éclat orangé. L'étrange animal se déplaçait en sautillant sur ses deux pattes arrière et en émettant un étrange gloussement qui ressemblait à un rire. Au loin, on pouvait entendre d'autres gloussements, ou rires sinistres, qui semblaient lui répondre.

La créature s'arrêta sous l'arbre, se pencha et toucha l'herbe à ses pieds. F'ro gardait une main sur son épée, le manche appuyé sur son cœur. Il était prêt à défendre chèrement sa peau. La main de Lha trouva la sienne, lui faisant signe qu'il devait se calmer et ne rien précipiter.

La bête demeurait accroupie au pied de l'arbre, tâtant toujours le sol, humant l'herbe, en ne cessant jamais son rire glauque. Elle leva la tête et son regard trouva celui de F'ro, qui sursauta.

L'être avait un visage recouvert de poils courts avec un museau qui le faisait ressembler à la fois à un chien et à un chat. Ce détail singulier rappela à F'ro les histoires de son père qui avait déjà traversé le fleuve pour visiter cette grande plaine. Il lui avait parlé d'un peuple qu'on appelait les Hyènes[39], un peuple étrange à l'esprit jamais très clair, aux comportements douteux. On ne savait jamais s'ils étaient bien ou mal intentionnés. D'après son père, ils pouvaient se montrer d'une grande affabilité, mais toujours dans le but d'obtenir quelque chose en retour. Surtout, il ne fallait pas montrer de signe de faiblesse devant eux, car alors le peuple des Hyènes pouvait vous le faire payer très cher.

— Qu'est-ce que vous faites dans mon arbre ? demanda-t-il.

— Nous sommes sincèrement désolés. Nous ne savions pas que c'était votre arbre. Nous cherchions un endroit pour passer la nuit.

— Descendez de là. À vous exposer au vent comme vous le faites, vos odeurs s'étirent sur des kilomètres. Vous faites fuir le gibier.

Le couvert de nuages s'illuminait lentement et le chant de quelques oiseaux matinaux commençait à se mêler au bruit du vent dans les feuilles. L'aube se levait. F'ro et Lha descendirent de l'arbre

---

39. Dans ce récit, le mot *Hyènes* est du genre masculin, sauf lorsqu'il désigne spécifiquement un être de sexe féminin. Sa première lettre est aussi considérée comme un *h* aspiré.

en posant les pieds prudemment sur l'herbe, sans jamais quitter le Hyène des yeux.

Ce dernier semblait intrigué, tout autant qu'eux. Sa tête balançait à droite et à gauche comme s'il cherchait à prendre la mesure de ces êtres bizarres qui se trouvaient sur son territoire de chasse. Mais surtout, il s'étonnait de cette lumière qui émanait des deux jeunes gens : toute pâle, avec des reflets bleus. Il n'avait jamais vu une chose pareille. Il remarqua qu'ils se tenaient tous deux continuellement par la main, tout en appuyant leur épaule l'une contre l'autre.

De même, F'ro et Lha observaient l'autre attentivement, avec ses allures inquiétantes : son visage couvert de long poil dru, ses yeux orange et perçants, et surtout ses crocs qui lui sortaient de la bouche et qui remontaient sur sa lèvre supérieure. Ses habits, par contre, lui donnaient un air plus sympathique. Il portait une tunique de laine tressée avec des billes de différentes couleurs agencées dans un ordre bien précis, et filées l'une sur l'autre. Les deux Souris gardaient un œil sur cette grande lance qu'il tenait en main, avec son bout effilé et menaçant.

— Mais qui êtes-vous donc ? poursuivit le Hyène.

— Nous nous appelons F'ro et Lha, dit la jeune fille. Nous sommes de la vallée du Hen'e.

— Moi, je m'appelle Hanïa... C'est curieux, il y a des années que les gens de la Vallée n'ont pas traversé le fleuve pour venir jusqu'à nous. Nous étions persuadés que vous aviez tous été mangés par les Crapauds... Et où allez-vous donc comme ça ?

— Nous allons chez celui qui les a envoyés jusqu'à nous : le sorcier.

— Vous allez chez le Babouin ? Bonne chance !

F'ro et Lha se regardèrent, stupéfaits. C'était la première fois qu'ils entendaient appeler le sorcier de Targ « le Babouin ».

— Vous le connaissez ?

— Oui, bien sûr qu'on le connaît. Ç'a été toute une histoire pour avoir la paix avec lui. Et ce n'est pas tout à fait fini...

Hanïa le Hyène se tut et regarda le sol à ses pieds. Il semblait mal à l'aise.

— Les Crapauds nous laissent tranquilles, poursuivit-il, mais la guerre aurait duré éternellement si nous n'avions pas signé l'armistice[40]. Ces Crapauds sont démoniaques. Il en arrivait sans cesse depuis les marais du sud. Heureusement, nous avons des mines de fer. Nous achetons la paix en fournissant le métal dont le sorcier a besoin pour faire ses

40. Entente entre des ennemis afin de suspendre les affrontements.

guerres, ailleurs… Désolé de vous dire ça. C'est la triste vérité.

Les autres Hyènes qui avaient quitté leurs positions s'étaient approchés. Tout le monde se présenta en se serrant la main. Puis on invita Lha et F'ro au village qui était à près d'une demi-heure de marche. Les chasseurs étaient épuisés et voulaient se reposer. Hanïa allait les introduire auprès de leur chef qui pourrait sans doute leur donner plus d'indications sur les manières de se rendre jusqu'au sorcier. Heureux de voir leur route obscure vers les marais s'éclaircir un peu, ils acceptèrent avec enthousiasme.

* * *

Le groupe de Hyènes, en compagnie de F'ro et Lha, marchait du côté des grandes collines qui s'étiraient à l'ouest. Elles ressemblaient à des vagues immenses recouvertes d'herbes jaunies par le soleil et la poussière. Ils cheminèrent ensuite dans un paysage caillouteux avec des collines qui semblaient avoir été tranchées au couteau par quelque géant mangeur de pierres. Hanïa leur expliqua que c'était les mines que les Hyènes exploitaient. Il n'y avait pas de métaux précieux, mais surtout du plomb, du cuivre et du fer. Il raconta qu'il fut un temps où les Souris de Hen'e étaient très actifs sur les marchés. De grandes caravanes venaient de la

Vallée pour échanger les biens du textile[41] et les produits de leur artisanat contre des minéraux.

— Que s'est-il passé ? demanda le Hyène.

— Je ne sais pas, fit Lha qui n'avait jamais entendu parler de ces liens commerciaux avec des gens de l'autre côté du Grand Fleuve.

Elle questionna F'ro du regard, mais celui-ci demeurait silencieux et interdit[42]. Elle sentait le bouleversement que faisait naître cette conversation dans l'esprit de son compagnon. Celui-ci ressassait ses souvenirs, se rappelant les paroles de son père, l'aventurier, que tous les Souris, les apôtres surtout, méprisaient.

— Il faut s'ouvrir sur le continent et sur tous les peuples, disait F'har. Les apôtres font fausse route lorsqu'ils veulent nous isoler du reste du monde sous prétexte que nous sommes meilleurs que tous.

Son père n'avait jamais connu l'invasion des Crapauds. Il était mort au cours d'une de ses aventures. Nul doute que cet esprit libre aurait été scandalisé de la soumission des Souris. Et F'ro ne pouvait s'empêcher de penser à cette dernière vision de So Li affaibli, fatigué, assis à son bureau, n'ayant plus aucune réponse à quoi que ce soit,

---

41. Objets fabriqués avec du tissu.
42. Étonné, stupéfait.

alors que son peuple était lentement décimé par les affreux amphibiens.

Il sentait, posé sur lui, le regard insistant de Lha.

— La guerre n'est pas une issue, F'ro.

— Peut-il exister une véritable paix sans liberté ? Ne doit-on pas éviter de confondre calme et apathie[43] ?

Il aurait aimé faire comprendre aux siens que le peuple d'Hanïa vivait en paix pour avoir su tenir les Crapauds en respect. Mais les Souris n'étaient pas des Hyènes qui valorisaient les efforts physiques et la chasse. Comment faire la guerre avec un peuple d'intellectuels, d'artistes et de paysans ?

Le village des Hyènes reposait au creux de quatre hautes collines qui formaient un carré parfait, comme une forteresse. Une tour de garde trônait sur chacune d'elles. Le village était composé de plusieurs centaines de huttes de paille construites sur des lignes parallèles qui s'étendaient entre les collines et sur les flancs inclinés. Elles s'étiraient dans huit directions depuis la place centrale comme les rayons d'une roue.

De leur point de vue, sur l'une des collines, ils purent constater qu'il régnait une activité intense sur la place centrale de la ville. Il y avait là un marché

---

43. Absence de réaction.

disposé autour d'une grande fontaine. Une autre chose attira leur attention : une hutte aux dimensions exceptionnelles. Hanïa leur expliqua que c'était la maison de la reine Maïssa. Il les mena ensuite dans une petite hutte et leur dit d'être patients et de bien se reposer, la reine mère allait certainement les recevoir, mais elle était très occupée. On viendrait les chercher en début d'après-midi.

La petite hutte était modestement meublée. Rien n'attira particulièrement leur attention, sauf deux grands matelas rembourrés de paille. Ils s'y élancèrent aussitôt, sans se faire prier. Et cette fois-ci, pour la première fois depuis plusieurs jours, ils s'endormirent l'esprit en paix.

* * *

Tel que l'avait dit Hanïa, on vint les chercher en début d'après-midi. Mais le chasseur n'était pas là. Ceux qui s'étaient présentés étaient vêtus d'une longue robe grise. Ces derniers les saluèrent en s'inclinant très bas et en débitant de longues formules de politesse très fastidieuses. Ils les menèrent ensuite jusqu'à la hutte royale.

L'immense construction était de forme circulaire et s'élevait à plus de vingt mètres avec un dôme de forme conique fait avec des poutres de bois et des ballots de paille. On les promena à travers nombre de pièces, et un dédale de corridors, jusque dans la salle d'audience. Il régnait là un silence et une noirceur envoûtants qui leur firent penser, d'une certaine façon, à la salle du trône sacré de Hen'e, avant l'arrivée de Targ et des Crapauds. Au milieu de la pièce, sous un cercle de lumière projeté depuis une ouverture au plafond, une femme les attendait. Sans trône ni apparat, la reine Maïssa recevait toujours ses invités avec simplicité, en les accueillant debout.

C'était une très grande dame au cou allongé, avec une tête de Hyène aux traits fins et à l'allure très digne. Elle portait une délicate couronne en or et, les mains jointes, elle regardait F'ro et Lha, en agitant les poils de sa longue moustache.

Les deux Souris, se tenant par la main, se penchèrent d'abord pour saluer la grande reine. Celle-ci ne connaissait pas les gens de Hen'e autrement que par les histoires qui circulaient à leur sujet. Ces histoires racontaient que ces petits êtres au faciès[44] de rongeur pouvaient faire naître de la magie. Le regard de la reine était tout absorbé par cette fine lueur bleue qui émanait du garçon et de la fille.

— Bienvenue chez nous, dit-elle d'une voix majestueuse qui résonna dans la grande salle.

— C'est un honneur d'être ici, répondit simplement Lha qui avait une aisance plus naturelle à

44. Forme du visage.

discuter dans les normes qu'imposait un proto-cole.

— Nous sommes étonnés et heureux de voir qu'il reste encore des habitants de la vallée du Hen'e, poursuivit Maïssa. C'est une heureuse surprise de savoir que ces liens qui unissaient nos ancêtres sont, encore aujourd'hui, une chose possible.

Lha et F'ro souriaient gentiment à la reine qui parlait. Aucun souvenir ne leur venait à l'esprit sur ces prétendues relations entre les gens de la Vallée et les Hyènes. Et la grande dame poursuivait son discours sur le passé qu'elle magnifiai intention-nellement, par politesse surtout.

— On me rapporte, ajouta-t-elle, que vous êtes en route vers les marais et que vous cherchez à rencontrer le sorcier Babouin.

— C'est exact, ô reine, fit Lha.

— Et pourquoi vouloir le rencontrer au prix d'un si périlleux voyage? demanda-t-elle.

— Je suis la filleule de So Li, le Grand Apôtre des Souris. Je suis en mission pour négocier l'ar-mistice.

— L'armistice? s'étonna la reine. Voilà qui est une excellente nouvelle. Mais je croyais pourtant que les Souris avaient été conquis[45] par les Crapauds de Targ.

---

45. Soumis et dominés.

— Oui, fit Lha. Mais la résistance[46] est bien organisée et les Crapauds sont à bout de souffle. La colère gronde et il y a une menace permanente de soulèvement[47] de toute la population. C'est une véritable guerre de tranchées[48] qui se prépare dans la Vallée et les Crapauds ont peur de tout perdre. C'est pourquoi, moi, Lha, filleule du grand So Li, je suis chargée d'une mission auprès du sorcier Babouin afin de conclure une entente pour la paix.

Il ne fallait pas montrer de signe de faiblesse devant un Hyène. F'ro le savait. Et Lha qui pouvait lire en lui, le savait aussi. La jeune Souris parla d'un ton si convaincant que la reine sembla conquise, ou du moins très heureuse de ce qu'elle entendait ; car elle-même avait traversé les terribles marais pour négocier la paix avec le sorcier et ainsi sauver son propre peuple.

Elle sembla s'être prise d'affection pour Lha.

— Je suis heureuse de t'avoir rencontrée, jeune fille, et je le serai encore plus si je peux vous aider. Le monde entier ne connaîtra la paix que lorsque tous les Crapauds auront disparu. Bravo au peuple des Souris pour son courage. Mais, dites-moi, com-

---

46. Opposition, désobéissance à l'autorité imposée.
47. Mouvement de révolte.
48. Attaques soudaines et répétées.

ment comptez-vous vous rendre jusqu'au Babouin ? Le chemin est long et périlleux jusqu'à lui…

Maïssa ne termina pas cette dernière phrase. Elle regardait ses deux invités avec suspicion[49], comme si, soudainement, elle se questionnait sur la bonne foi de la jeune fille. Mais toujours, Lha restait imperturbable.

— Nous semblons petits et démunis à vos yeux, madame, mais sachez que nous avons des pouvoirs que les Hyènes ne peuvent même pas imaginer.

Elle avait parlé en serrant fortement la main de son compagnon. La lueur bleutée, qui émanait d'eux, s'accentua pour briller d'un éclat très vif. Ce phénomène inusité fit une grande impression sur la reine des Hyènes.

— Eh bien, qu'il en soit ainsi, fit-elle. Soyez les bienvenus chez nous. Vous pourrez dormir et vous restaurer. De plus, je vous offre une escorte qui vous accompagnera jusqu'au sorcier.

Il fut décidé par la cour de Maïssa que F'ro et Lha seraient accompagnés par Hanïa et son groupe de chasseurs. De l'avis de tous, il était le meilleur pisteur, et celui qui était le plus en mesure de les protéger jusqu'au marais du sorcier Babouin.

Ils retournèrent l'esprit apaisé jusqu'à leur hutte où on leur servit un succulent repas qu'ils

---

49. Méfiance.

mangèrent en tête à tête. Pendant la soirée, ils se préparèrent pour le départ prévu pour le lendemain matin.

— T'as pas peur avec tes histoires ? demanda F'ro qui roulait des couvertures.

— Peur de quoi ?

— Si la reine venait à connaître la vérité... Les Souris ne sont vraiment pas à la veille de faire la révolution.

— Elle ne semble pas apprécier particulièrement les Crapauds. Et puis, nous serons déjà loin.

— Ce mensonge m'étonne de toi, ô filleule du Grand Apôtre.

— C'est toi, ô fils de F'har l'aventurier, qui m'as appris tout ça, dit-elle avec le sourire.

* * *

La nuit était avancée et Lha dormait profondément, emmitouflée dans les couvertures. F'ro, qui ne dormait plus depuis un moment, sortit à l'extérieur pour prendre l'air. Il avait hâte de partir à l'aventure, comme le faisait son père autrefois ; tout en lui voulait se mettre en marche. Dehors, son regard se promena sur la grande cité endormie. Tout était d'un noir calme et profond, à l'exception de quatre éclats intenses provenant des tours de garde qui surplombaient le village.

Elles étaient construites en bois et mesuraient près de cinq mètres de hauteur. Dans chacune d'elles, il y avait deux gardes qui se relevaient régulièrement pour surveiller cette grande plaine, « la savane », comme l'appelait la reine Maïssa. Les vifs éclats qui se dégageaient des feux entretenus par les gardes servaient à orienter les chasseurs qui parcouraient la plaine jusqu'au lever du jour, mais aussi de signaux lumineux en cas d'urgence.

F'ro s'attardait maintenant sur un groupe d'étoiles dans le ciel, appelé la Grande Arche. Cette constellation qui leur appartenait, à Lha et à lui, et qui avait tant impressionné So Li, avait la forme d'un immense arc s'étirant au nord, depuis l'est jusqu'à l'ouest. Le garçon savait que grâce à ces étoiles, scintillantes pour l'éternité dans le ciel, il ne pourrait jamais se perdre.

Il bâilla longuement en étirant les bras. Le sommeil semblait lui être revenu et il retourna dans la hutte pour dormir quelques heures encore avant la fin de la nuit. Il ne remarqua pas que l'un des feux s'était subitement éteint dans l'une des tours de garde.

* * *

Située sur la plus haute colline, cette tour était orientée du côté de la grande route du sud. Deux gardes y demeuraient en permanence, et une garnison pouvait soutenir un siège[50] de plusieurs semaines en temps de guerre. Construite sur trois étages, la tour abritait au premier un grand four en pierre qui pouvait servir autant de forge que de cuisinière. Par un escalier, on accédait au deuxième étage où se trouvaient des lits et de la paillasse étendue sur le sol. Cette pièce servait aussi d'armurerie[51]. Par une échelle, on montait au troisième. Un feu y brûlait en illuminant un grand miroir qui tournait sur un axe de trois cent soixante degrés. On pouvait concentrer la lumière du feu pour envoyer des signaux visibles à plusieurs dizaines de kilomètres à la ronde.

Les deux soldats qui étaient de garde ce soir-là gisaient inconscients sur le plancher de la cuisine, au pied du grand fourneau dont l'une des portes était ouverte. La lueur des braises éclairait les deux corps inanimés. Quelques charbons ardents avaient été déposés sur le pelage des deux Hyènes et brûlaient en crépitant, dégageant de la fumée et une forte odeur de roussi.

Des êtres sinistres se tenaient là, immobiles. Ils regardaient passivement les cadavres fumants de leurs victimes.

---

50. Attaque.
51. Entrepôt d'armes.

— À quoi nous sert cette provocation, ô Hugo ? demanda l'un des Crapauds. Tu ne crois pas que ça va nuire à notre entreprise ?

Hugo eut un léger rictus. Ses yeux se plissèrent méchamment. Il huma l'odeur des cadavres à ses pieds.

— Nous allons éteindre le signal émis par cette tour. Les Hyènes ne tarderont pas à rappliquer pour s'enquérir[52] du problème. Nous n'avons pas les moyens d'engager le combat, et nous nous tiendrons loin. Mais je veux que la reine Maïssa comprenne bien ce qui l'attend si elle ose se compromettre en faveur des Souris. Je veux qu'elle ait la chair de poule à l'idée seulement d'une autre guerre avec les Crapauds.

Hugo et ses hommes regardaient les cadavres des Hyènes avec appétit.

* * *

F'ro, frais et dispos après quelques heures de sommeil, était prêt à partir. Lavé et habillé, il avait même déposé l'équipement du voyage près de la porte. Lha dormait toujours.

Le garçon avait fait du thé qu'il parfuma avec du sucre et de l'eau de rose. Il éveillerait sa copine sitôt

---

52. Se manifester pour comprendre ce qui arrive.

le thé infusé. Mais ce furent plutôt des coups brutaux contre la porte de la hutte qui réveillèrent la jeune fille. F'ro alla ouvrir prestement.

Cinq soldats Hyènes, armés jusqu'aux dents, se tenaient dans la pénombre. Les chants de quelques coqs se firent entendre au loin.

— Qu'est-ce qui se passe ? demanda F'ro.

— Nous devons vous emmener auprès de la reine Maïssa.

— Tout de suite ?

— Sans attendre. C'est un ordre.

Les soldats les menèrent d'un pas militaire à travers la ville. À l'évidence, quelque chose de grave s'était passé. F'ro et Lha le sentaient bien. Ils se tenaient la main.

Ils passèrent rapidement près de la grande fontaine où plusieurs habitants venaient chercher de l'eau pour la journée. Certains étaient accompagnés de leurs enfants. C'était la première fois que les deux Souris voyaient des petits Hyènes. Les gamins se collaient contre leur mère en entendant les pas de soldats. Ils pointaient en direction des prisonniers en affichant un air surexcité.

— On dirait des petits Souris, dit Lha. Tu ne trouves pas ? Mêmes yeux, même pelage…

— C'est vrai. On ne voit pas la différence. C'est curieux, les enfants…

— C'est plutôt les adultes que je trouve curieux, moi, ajouta-t-elle alors qu'un garde leur commandait de se dépêcher.

Ils furent emmenés auprès de la reine Maïssa. Celle-ci s'entretenait avec des gardes couverts de poussière et de suie. Leur fourrure était brûlée à plusieurs endroits. Malgré les blessures et la douleur apparente qu'on lisait sur leur visage, ils se tenaient bien droits et dignes devant leur reine.

— Et la tour ? Elle a complètement brûlé ? demanda-t-elle.

— Oui, ma reine. Impossible de récupérer le miroir réflecteur, dit l'un d'eux. Et les gardes étaient à l'extérieur. Les... leurs restes étaient recouverts d'une bave visqueuse et malodorante.

La reine renvoya les gardes, qui quittèrent leur souveraine après de longs saluts. Puis, la grande dame leva des yeux sévères sur F'ro et Lha. Elle semblait très en colère. Elle leur fit signe de s'approcher et demeura silencieuse un long moment en les examinant l'un et l'autre de la tête aux pieds.

— Vous avez entendu ce que rapportait le garde ?

— Nous ne sommes pas sûrs d'avoir compris...

La reine les interrompit.

— Il est arrivé un grand malheur, hier soir ! Nous avons été attaqués sauvagement. Il n'est plus question pour vous de partir. Vous resterez ici jusqu'à nouvel ordre, jusqu'à ce que cette histoire ait été tirée au clair.

— Mais c'est impossible, dit F'ro.

Plusieurs de ceux qui étaient présents à la cour de la reine furent outrés par l'insolence du jeune homme. On ne pouvait pas contredire une reine. Ils retinrent leur souffle en regardant les gardes qui encerclaient le garçon et sa compagne et les menaçaient avec leurs lances.

— Ce crime odieux porte la marque d'Hugo. Je dois savoir pourquoi il s'en est pris à nous. Et je vous avertis : je ferai tout ce qui est en mon pouvoir pour que mon peuple n'ait pas à souffrir le courroux[53] de cet être immonde. De plus, j'ordonne que vous soyez séparés, immédiatement ! Il n'est pas question qu'un couple de Souris demeure uni dans cette ville. Je suis désolé, mes enfants, mais les choses ont changé.

Ils furent saisis par les Hyènes qui les arrachèrent brutalement l'un à l'autre. Leurs mains se quittèrent et la petite lumière bleue qui émanait d'eux s'éteignit aussitôt. Tandis qu'on les éloignait, en les menant dans des directions opposées, leurs yeux restaient plongés l'un dans l'autre, se cherchant constamment dans l'agitation qui régnait

---

53. Colère.

autour. Leurs oreilles n'entendaient plus, leurs corps ne sentaient plus. Et il n'y avait rien d'autre que ce désir de ne pas se perdre de vue.

Lorsqu'on les força à traverser des portes opposées, lorsqu'ils ne furent plus en mesure de se voir l'un et l'autre, ils eurent l'impression d'être plongés dans une grande noirceur. Soudainement, ils avaient perdu l'assurance des prémonitions, des choses à venir. Voilà trois ans qu'ils ne se quittaient plus.

* * *

Lha fut emmenée dans une très longue hutte qui s'étirait entre deux collines à l'extrémité nord du village, dressée comme un mur. On ouvrit une immense porte de bois, et on la fit traverser une vaste antichambre, pour la mener ensuite à l'arrière, à l'extérieur, sur un balcon qui s'élevait au-dessus d'une grande cour creusée à même le sol. C'était un trou immense, qui s'enfonçait de plusieurs étages inférieurs. Dans cet endroit glauque, qu'on appelait la mine, elle découvrit une chose qui allait la bouleverser à jamais.

Il y avait là près d'une centaine de Hyènes qui vivaient dans des conditions misérables, dans un état d'esclavage. Certains se déplaçaient en transportant de lourdes charges ; la plupart étaient assis sur le sol et travaillaient autour de monticules de terre, de pierres et de boue. Ils étaient maigres, habillés de haillons. Leur pelage était pauvre et rêche, signe qu'ils souffraient de graves maladies et de malnutrition.

Lha fut aussitôt effrayée et dégoûtée par ces horreurs. Jamais, de toute sa vie, elle n'avait pensé que des êtres vivants pouvaient vivre dans de telles conditions. Elle se retourna vers le garde qui l'accompagnait.

— Qui sont ces Hyènes que l'on maltraite ainsi?

— Ce ne sont pas des Hyènes, ce sont des Mérédiths! répondit vivement le garde en prenant un ton outr, comme si Lha venait de l'insulter.

— Pourtant, j'ai bien l'impression de voir des Hyènes! dit-elle avec colère.

— Ils en ont l'apparence, seulement, madame. C'est ce qui confond votre jugement. Ce qu'il faut savoir, c'est que les Mérédiths n'ont pas d'âme. Ils ont été créés par la nature afin de travailler et servir la reine Hyène et ses sujets.

Lha eut des frissons en entendant de telles paroles, si dénuées de sens et de raison. Il y avait là, dans ce trou infect, des hommes, des femmes et des enfants. Des vieillards même, qui travail-laient durement sous la surveillance de gardes brutaux, qui portaient un fouet menaçant à leur ceinture.

— Pourquoi m'avoir menée ici?

— Vous bénéficiez encore de la protection de la reine. Mais si vous êtes trouvée coupable de l'incident de cette nuit, vous serez condamnée. Votre âme vous sera retirée et vous viendrez rejoindre les Mérédiths, vous et votre compagnon.

Aussitôt que le garde mentionna F'ro, elle sentit ses jambes se ramollir. Et soudainement la séparation pesa encore plus lourd sur son esprit. Les larmes lui montèrent aux yeux. On lui apporta une petite chaise sur laquelle elle s'assit docilement en regardant les pauvres innocents qui peinaient à effectuer des tâches ignobles. Elle se sentait faible et apathique, incapable de la moindre décision et du moindre geste. Elle songea, en pleurant à chaudes larmes, que si F'ro et elle était réunis, personne ne pourrait prendre leur âme, ou même leur faire du mal.

* * *

La reine Maïssa chevauchait lentement sur un petit cheval rayé, blanc et noir. Elle portait ses habits de guerre : une robe qui descendait sur un pantalon indigo. Un plastron de bronze moulait son torse, et un casque fait du même métal, surmonté de plumes multicolores, la faisait paraître encore plus grande et majestueuse. De loin, alors qu'elle se balançait sur sa monture, on aurait dit un de ces grands oiseaux qui couraient dans la savane et qu'on appelait des autruches.

Maïssa n'avait pas porté son armure depuis la dernière guerre contre les Crapauds. Elle s'en allait nerveuse, mais résolue, escortée de ses meilleurs soldats. Non pas qu'elle craignît pour sa vie – le chasseur Hanïa avait repéré Hugo et sa bande à quelques kilomètres de la ville; ils n'étaient que cinq et la reine savait que ses hommes pouvaient en venir à bout aisément –, mais elle appréhendait cette rencontre avec un être aussi perfide[54], capable des pires horreurs. Il ne s'en prendrait pas à elle. Mais son mauvais esprit allait semer le dégoût en elle, elle le savait. Il serait capable d'agir de sorte qu'une nouvelle guerre éclate entre Hyènes et Crapauds.

On la mena tout d'abord jusqu'à la tour, où l'accueillit Hanïa qui s'inclina avec déférence[55]. La reine constata avec désolation la structure carbonisée. Cela éveilla en elle d'affreux souvenirs: des hordes de Crapauds dévalant les collines, avançant à l'unisson avec leurs sauts lents et pesants faisant trembler la terre; derrière eux, des catapultes lançant des boules de feu qui enflamment les huttes, détruisant tout, récoltes et villages; les affreux batraciens s'en prenant indifféremment aux soldats, aux femmes et aux enfants. Maïssa ne pourrait supporter une nouvelle guerre.

— Et où est Hugo? demanda-t-elle à son chasseur.

---

54. Hypocrite, qui ne respecte pas sa parole.
55. Respect.

Hanïa se retourna et désigna une autre colline, au loin, surmontée de quelques arbres au tronc allongé et au feuillage dégarni. Tous les soldats de la reine furent aussitôt sur les dents, et se saisirent fermement de leurs armes. Accroupis, à l'ombre des arbres, avec leurs longues jambes remontant de chaque côté de leur corps, les Crapauds les observaient. Depuis combien de temps ces êtres froids les surveillaient-ils ? La reine reconnut le grand Hugo qui dépassait ses compagnons d'armes de plus d'une tête. Elle donna quelques consignes à ses soldats qui prirent une position de défense en tenant devant eux leurs lances. Puis tout le groupe se mit en marche.

Un soleil torride commençait à plomber ferme sur cette journée qui avançait vers le midi.

Pas la moindre brise ne soufflait pour agiter les longues tiges d'herbe jaunie par la chaleur et la sécheresse. Les Hyènes encerclèrent lentement les Crapauds en prenant position, un genou au sol, sans quitter leurs ennemis des yeux. Hugo et sa bande, telles des statues de pierres, demeuraient immobiles et impassibles, nullement dérangés par les arcs et les flèches pointées dans leur direction. Leur attention se portait sur une seule et même personne : la reine des Hyènes, Maïssa.

Celle-ci descendit de son cheval et s'avança dignement vers eux en gravissant le haut de la colline. Elle tenait à la main une épée étonnante, sculptée dans un bois noir, avec de grands pics qui ressemblaient à des ronces redoutables sur les branches d'un arbre.

Elle fixa le grand Crapaud dans les yeux, ne semblant nullement intimidée par lui. Elle parla d'une voix puissante.

— Quelle est la raison de cet affront, Hugo ? Pourquoi ce crime odieux ? C'est inacceptable. Les Hyènes et les Crapauds ont fait la paix.

— Les Hyènes se sont rendus coupables d'abriter des illégaux[56], répondit Hugo sur un ton neutre, d'une voix rauque et presque inaudible. Les Souris appartiennent aux Crapauds. L'asile[57] que vous leur accordez est illégal. Vous devez les rendre immédiatement, sinon nous devrons imposer de nouvelles représailles[58].

— Il est inconcevable que vous agissiez de cette façon, en brûlant et en tuant nos gens, pour arriver à vos fins. Il existe un traité[59] à l'intérieur duquel il doit y avoir place pour l'échange et la discussion.

— Les Crapauds ont fixé leurs conditions aux Hyènes. Vous avez douze heures pour nous remettre les Souris renégats. Sinon, j'irai rendre compte à

---

56. Personnes qui ont désobéi aux lois de leur pays.
57. Refuge.
58. Vengeance entreprise par un pays contre un pays qui agit illégalement.
59. Entente écrite entre deux pays.

Maître Targ de votre décision de vous opposer à la loi. Vous subirez les conséquences de vos actes.

Maïssa, furieuse, tourna le dos brusquement et descendit la colline en tenant son cheval zébré par la bride. Ses hommes la suivaient, leurs armes toujours pointées vers les Crapauds. Elle marcha d'un pas ferme, jusqu'à la tour, songeuse, la mâchoire crispée, les yeux plissés.

— Que faisons-nous, ô ma reine ? demanda l'un de ses hommes.

— Nous allons accéder à leur demande, bien que ça me répugne. Ces deux Souris nous ont menti en nous faisant croire qu'ils allaient négocier avec le sorcier Babouin. Jamais il n'y a eu de révolte chez le peuple des Souris. Ils ont menti, et nous ont placés dans une situation compromettante[60] face à nos engagements envers les Crapauds. Nous allons donc les livrer et éviter une guerre inutile.

La reine arrêta sa marche et regarda les soldats derrière elle. Elle identifia le groupe d'archers devant, puis de chaque côté. Elle se tourna vivement vers son interlocuteur.

— Où est Hanïa ?

— Hanïa ? Mais... heu... je ne sais pas, ô ma reine. Il était avec nous sur la colline, il y a quelques moments à peine.

---

60. Risquée.

— Au village! s'affola-t-elle. Il faut rentrer au village, vite!

* * *

Lha semblait paralysée. Elle regardait passivement les rayons du soleil qui plongeaient dans la cour. Ils descendaient du ciel, telles d'immenses colonnes lumineuses, faisant étinceler la poussière qui remontait depuis les étages des bas-fonds. La jeune fille demeura ainsi plus d'une heure, avant de se lever spontanément comme l'aurait fait un somnambule. Contre l'avis du garde, elle descendit l'escalier depuis la terrasse jusqu'au premier étage de la grande cour intérieure.

Elle posa les pieds sur un sol recouvert d'une terre noire et humide. Elle vit alors un grand trou creusé à même la terre. Des esclaves Hyènes, ou des Mérédiths comme les appelait le garde, descendaient vers les niveaux inférieurs pour en remonter avec des seaux remplis d'une substance noire. Ils allaient les vider sur les amoncellements de matière que les autres : vieux, femmes et enfants, triaient avec des passoires et de petits balais, nettoyant les roches noires pour les débarrasser de leurs impuretés.

Lha marcha vers un petit groupe à l'ouvrage. Personne ne parlait, et tout le monde faisait son travail d'une manière appliquée, craignant avec raison les coups de fouet du garde. Et celui-ci, justement, semblait tout à fait endormi. Il se tenait debout, le dos et la tête bien droits, mais ne sembla jamais avoir aperçu la jeune fille qui avait quitté le balcon auquel on l'avait assignée.

Elle regardait les Mérédiths, attendant un mot ou un geste de leur part. Mais aucun d'eux ne s'occupa d'elle, continuant à nettoyer les pierres méticuleusement, et à les trier dans de grands bacs de bois. Ils gardaient tous la tête penchée en avant de sorte qu'elle ne pouvait voir leur visage. Après un moment, un vieux Hyène au pelage gris parla :

— Vous êtes bien une demoiselle, n'est-ce pas ?

— Mais… mais oui, répondit Lha.

— Dites-moi, s'il vous plaît, est-ce que le ciel est bleu aujourd'hui ? Je peux sentir les rayons du soleil, mais je ne peux voir le ciel bleu au-dessus de ma tête.

— Oui, fit Lha en levant les yeux. Il y a un ciel bleu magnifique parcouru par quelques petits nuages en forme de moutons.

— Ah ! merci, dit celui-ci avant de retourner à sa tâche. Je sais que je ne devrais pas demander une chose pareille, c'est un péché, mais c'est plus fort que moi.

— Mais pourquoi donc… un péché ?

Le vieux Mérédith leva la tête. Et Lha eut le souffle coupé en apercevant son visage. L'homme avait les deux paupières cousues sur les yeux. La jeune fille recula de quelques pas, sentant son cœur qui s'affolait au fond de sa poitrine. Puis, comble de l'horreur, elle vit que les femmes et les enfants qui étaient là avaient eux aussi les paupières cousues avec du fil noir. Elle recula encore en agitant la tête de gauche à droite, sentant son esprit paniqué qui l'incitait à prendre ses jambes à son cou.

— Comment est-ce possible ? dit-elle d'une voix faible, minée par la peur et l'incompréhension.

— Le jour où les dieux nous ont retiré notre âme, fit le vieillard sur un ton solennel, il a été écrit qu'il fallait nous coudre les yeux afin de que notre esprit ne soit pas contaminé par ce monde impur. Afin que nous restions intacts, comme à l'état originel.

— Mais... mais c'est un cauchemar épouvantable...

— Qui êtes-vous donc, mademoiselle, pour juger de ce qui est bon ou mauvais ? Nous cousons nous-mêmes les yeux de chaque enfant qui naît parmi les Mérédiths afin qu'il ne cède pas à la tentation du plaisir et de la liberté. Afin que la beauté et la perfection vivent tel un trésor, enfoui en lui pour l'éternité. Le monde est mauvais, mais grâce à la sagesse des dieux, nous en sommes préservés. Qu'ils bénissent Maïssa, notre reine !

La pauvre Lha ne put tenir plus longtemps. Elle s'enfuit en courant, agitant la tête furieusement et tirant sur ses cheveux à deux mains, comme si elle voulait chasser les affreux sentiments qui la harcelaient. Jamais de toute sa vie elle n'avait vécu un pareil cauchemar.

— F'ro ! F'ro ! hurlait une voix en elle, comme si quelqu'un l'appelait au plus profond de son âme.

Et elle arrêta aussitôt sa course. Elle inspirait et expirait fortement. Son regard anxieux scrutait autour d'elle comme si elle cherchait quelque chose. Elle l'avait entendu ! Elle en était persuadée. Là au fond de son ventre, son ami avait parlé.

— F'ro, c'est trop horrible !

— Ne t'en fais pas, Lha. Nous sommes tout près.

— Ils veulent nous coudre les yeux.

— Je sais. Et tant que nous serons vivants tous les deux, je te promets que ça n'arrivera pas. Nous arrivons par les galeries souterraines.

Elle tenait son ventre à deux mains, comme si son compagnon s'y était trouvé. Que voulait-il dire par : « Nous arrivons par les galeries souterraines » ? C'est à ce moment que le cri du garde l'arracha à ses pensées. Depuis le fond de la cour, le Hyène se dirigeait vers elle son fouet en main. Lorsqu'elle voulut fuir par l'escalier pour retourner sur le balcon, elle vit deux gardes qui descendaient les marches quatre à quatre. Elle n'offrit aucune résistance, se contentant de lever les mains devant elle, en implorant leur clémence.

— Je suis désolée…

— Il est interdit de parler aux Mérédiths.

— Je ne voulais pas, je vous jure…

Les trois soldats se saisirent d'elle et l'amenèrent, en la poussant brutalement, au centre d'un groupe de femmes qui buvaient une eau sale dans de grandes jarres. Les femmes Mérédiths levèrent aussitôt leurs visages crasseux, couverts de suie, montrant sans pudeur leurs yeux enflés et rougis, cousus de fil noir. Elles étaient aveugles, mais sentaient les odeurs en agitant leur nez, telles des taupes. Elles se jetèrent toutes sur la pauvre Lha qui se débattit furieusement pendant que les gardes ricanaient.

— Tu es mieux de t'y faire gamine, fit l'un d'eux. Ce seront bientôt tes nouvelles compagnes.

La jeune Souris réussit à se défaire de l'emprise de ces femmes pour s'enfuir en courant dans la boue, ne sachant pas où aller pendant que les gardes la poursuivaient en se moquant d'elle.

C'est alors qu'un cri puissant retentit dans la cour. Depuis la grande descente de la mine de charbon, elle vit apparaître F'ro et Hanïa en compagnie d'un groupe de mineurs Mérédiths.

Le Souris et le Hyène s'élancèrent sur les trois gardes. F'ro, peu habitué au combat, levait sa dague en guise de défense contre les attaques des gardes, et pour protéger sa compagne.

Hanïa, emporté par une rage guerrière, porta plusieurs coups très violents avec sa lance. Deux gardes furent touchés et s'effondrèrent sur le sol pendant que leur compagnon fuyait à toutes jambes.

Les deux Souris s'élancèrent dans les bras l'un de l'autre. La lumière bleue se mit à luire aussitôt, d'une intensité telle qu'elle fit reculer Hanïa de plusieurs pas, les mains placées devant les yeux. Détournant son regard, le chasseur constata avec étonnement que les Mérédiths autour de lui avaient tous cessé leurs activités pour regarder en direction des deux jeunes gens qui illuminaient la sombre cour, et ce malgré leur cécité, comme s'ils la voyaient, eux aussi, cette lumière extraordinaire.

— Oh F'ro, fit Lha, les yeux fermés, la tête appuyée sur l'épaule de son compagnon. Si tu savais…

— Je sais. Ils m'ont enfermé dans une mine à l'autre bout de la ville. Heureusement, Hanïa est venu à mon secours. Des Mérédiths nous ont guidés à travers les galeries de la mine et nous ont menés jusqu'ici.

La lumière s'estompa alors que leurs corps se quittaient et qu'ils ne se tenaient plus que par la main.

— Il faut y aller, leur dit Hanïa. Nous avons très peu de temps.

Ils déguerpirent, montèrent l'escalier, et filèrent vers l'extérieur.

Là, dans la rue, ils virent la reine Maïssa qui arrivait en toute hâte, accompagnée de ses gardes. Instinctivement, F'ro et Lha vinrent se placer de chaque côté du chasseur. Ils lui prirent chacun la main qu'ils serrèrent dans la leur. Hanïa fut envahi par une chaleur intense. Puis, un souffle immense entra en lui. Ils s'élancèrent tous les trois au pas de course et disparurent dans les rues de la ville.

Quelques instants plus tard, la reine marchait d'un pas nerveux, tournant en rond près de l'endroit où Lha et F'ro s'étaient retrouvés. Avec son épée, elle touchait la terre à ses pieds, l'air songeur. Tous les Mérédiths avaient été enfermés dans les mines.

— Ô reine, fit l'un des soldats, pardonnez-moi d'insister. Mais nous devons reprendre notre poursuite. Ils vont nous échapper.

— C'est inutile, dit-elle. Les deux Souris se sont retrouvés. Nous ne pouvons plus rien contre eux. Envoyez plutôt un émissaire à Hugo pour l'informer qu'ils se sont enfuis. Dites-lui que c'est « son » problème dorénavant.

Le garde s'inclina, puis s'éloigna pour acheminer les ordres. Mais il s'arrêta aussitôt, car la reine parla de nouveau, d'un air mauvais qui jurait avec sa grâce habituelle.

— Et dis à ces Crapauds qu'il y aura une forte rançon s'ils ramènent Hanïa. Je veux voir ce traître à mes pieds… Mort ou vivant.

* * *

Le chasseur Hanïa, de toute sa vie, n'avait jamais ressenti une émotion pareille. Il tenait fermement les mains des deux jeunes Souris. Il les dépassait d'une tête et était beaucoup plus costaud et lourd. Pourtant, chacun de ses pas était d'une légèreté inouïe, comme si soudainement il lui avait poussé des ailes.

Ils avaient traversé la ville à toute vitesse, pour se retrouver parmi les collines. Ils poursuivirent leur chemin vers le sud, courant ainsi pendant toute la journée sans s'arrêter, sans jamais s'essouffler et sans jamais connaître la fatigue. Hanïa courait en sentant le chaud soleil sur sa tête et l'air frais sur son visage. Et régulièrement, il éclatait d'un long rire qui résonnait à chacun de ses pas.

À la fin du jour, le paysage avait changé pour faire place à une immense plaine, la savane. Ils s'arrêtèrent sous un grand arbre dans un endroit où poussait de la broussaille. Au loin, il y avait un troupeau de mastodontes ; des éléphants, qui passaient en faisant trembler la terre et en soulevant un gros nuage de poussière.

— Il vaut mieux s'arrêter ici, fit le chasseur. Il ne faut pas les déranger, ceux-là. Ils ont mauvais caractère.

Ils observèrent pendant un long moment les pachydermes qui se déplaçaient en agitant leur longue trompe de gauche à droite, arrachant parfois une touffe d'herbe à leurs pieds ou alors s'envoyant du sable sur le dos. C'était la première fois que Lha et F'ro voyaient des éléphants.

— Pourquoi nous as-tu aidés ? dit Lha. Tu t'es mis à dos ta reine, et toute ta communauté. Ils voudront te le faire payer cher.

Hanïa acquiesça doucement de la tête. Ils étaient tous les trois assis en cercle sur l'herbe fraîche, à l'ombre bienfaisante d'un grand arbre. Le soleil couchant sur la savane commençait à illuminer la nature tout autour d'une lumière jaune orangé. Le vent qui avait soufflé toute cette journée s'était calmé pour n'être plus qu'une petite brise chaude, à peine perceptible. Et Hanïa souriait.

— Il y a de cela plusieurs années, les Hyènes se sont défendus courageusement contre les Crapauds de Targ. Mais la guerre semblait sans issue. Alors, Maïssa, notre reine, est allée jusqu'aux marais du sorcier Babouin pour négocier la paix. Personne ne sait rien de cet entretien. Elle seule fut autorisée à rencontrer le puissant magicien. À son retour, les Crapauds avaient disparu. Ils avaient poursuivi leur marche destructive plus au nord, traversant le Grand Fleuve, et ce, jusque dans la vallée du Hen'e. Dès lors, la reine fut considérée comme une héroïne et acclamée comme jamais. Ce que personne ne savait, par contre, c'est qu'elle avait payé très cher sa visite chez le Babouin. Et ce que personne ne voyait, c'est qu'elle s'était transformée. Les Hyènes ont toujours été un peuple coopératif, axé sur le respect des valeurs familiales. Mais lorsque Maïssa est revenue, elle s'est mise à faire voter des lois très dures qui s'inspiraient de croyances sinistres et occultes[61] qui appartenaient à un autre âge. Et c'est ainsi qu'une grande famille de nos congé-nères a été déclarée sans âme et indigne d'être libre. Dès ce moment, ils furent tous réduits à l'esclavage.

— Les Mérédiths... fit Lha bouleversée.

— C'est exact, dit Hanïa. Les Mérédiths étaient autrefois une grande famille de Hyènes. Leur juge-ment était respecté et leur influence était telle qu'ils pouvaient s'opposer au pouvoir royal pour le plus grand bien de la communauté. Lorsque la reine Maïssa revint de son voyage chez le sorcier, elle leur jeta un mauvais sort conféré par le Babouin.

---

61. Pratiques secrètes qui ne sont ni religieuses, ni scientifi-ques.

Et depuis ce jour funeste, les Mérédiths ont perdu leur volonté. On leur a raconté des histoires terribles sur les dieux, et ils les ont crues. On leur a dit de faire des choses horribles et ils les ont faites. Je sais que tout ce mal est l'œuvre du sorcier Babouin qui voulait s'assurer une plus grande production dans les mines, et ainsi s'enrichir encore plus. Oui, la plupart des Hyènes sont libres et n'ont plus à se battre contre les Crapauds, mais à quel prix ? C'est pourquoi je vous ai libérés. C'est pour vous accompagner jusqu'à lui. Le cauchemar doit se terminer pour mon peuple aussi.

Hanïa prit une grande inspiration et ferma les yeux. Visiblement, il souffrait beaucoup. Et la douleur, en lui, était immense.

— C'est très courageux ce que tu fais, dit F'ro. C'est un honneur d'être avec toi.

— Et moi, je suis heureux de vous avoir rencontrés, dit-il en levant des yeux humides. Il y a des années que je vous attendais.

Le chasseur se leva et s'avança un peu plus au-devant du soleil couchant. L'astre du jour ressemblait maintenant à une immense boule de feu prête à embraser la savane. Une longue bande de nuages s'étirait depuis l'horizon jusqu'au-dessus de leur tête, et se colorait de l'orange, au rose, jusqu'à l'indigo. Hanïa serra fortement les poings et parla de nouveau :

— Je suis un Mérédith. Ma famille a été maudite, condamnée, dépouillée de son âme, réduite à l'esclavage et à l'humiliation. Mais, moi je suis vivant ! Et si je peux encore voir la lumière du soleil, c'est parce que je suis le plus grand chasseur de la tribu. Sans moi et mes connaissances, le gibier serait venu à manquer et Maïssa ne pouvait risquer la colère du peuple affamé. J'ai vécu dans la soumission et le silence, donnant l'impression que je ne me souvenais plus de mes origines. Mais aujourd'hui mon heure est venue. Grâce à vous, l'heure de ma vengeance va bientôt sonner.

Lha et F'ro se levèrent pour aller rejoindre Hanïa. Ils le prirent chacun par la main et le firent asseoir entre eux deux. Ils s'appuyèrent tout contre lui en l'inondant de leur bienveillance et de leur lumière. Le soleil disparut à l'horizon pendant que le grand Hyène pleurait à chaudes larmes.

* * *

Les jours passèrent ainsi : aidés de leur vitesse et de leur énergie inépuisable, et grâce au savoir et aux habiletés d'Hanïa, ils traversèrent tous les trois la savane sans trop de difficulté. Les grandes étendues d'herbe de cette plaine gigantesque ne semblaient jamais devoir finir. Chaque jour, le soleil se couchait à l'ouest sur un paysage quasi identique, leur donnant une impression constante de déjà-vu.

Mais en se guidant avec le soleil et les étoiles, les Souris et le Hyène savaient qu'ils cheminaient dans la bonne direction.

Au début de leur périple, ils furent suivis par des vautours qui planaient inlassablement au-dessus de leurs têtes ; comme si ces oiseaux cha-rognards avaient l'intuition que ces êtres désœu-vrés, qui se déplaçaient sur deux pattes, étaient nécessairement condamnés à mort dans cette nature inhospitalière. Mais les rapaces n'eurent rien à se mettre sous la dent. Et, au fil des jours, ils les quittèrent l'un après l'autre jusqu'au dernier.

Malgré les lions et autres animaux sauvages qui rôdaient, la science d'Hanïa gardait les prédateurs à distance. Soit il marchait en frappant le sol à intervalles réguliers avec un grand bâton, ou alors il faisait tourner une espèce de coquillage au bout d'une corde qui émettait un bruit sourd et très bas. En cette dernière journée, le chasseur avait tourné sans arrêt le coquillage, persuadé qu'ils étaient traqués par des félins. Ils rejoignirent une forêt d'arbustes et de broussailles qui juraient dans le paysage quasi désertique de la savane.

À l'abri derrière les fourrés qui formaient une véritable forteresse de branches et de ronces, ils se trouvèrent enchantés par le parfum des fleurs qui poussaient là et qui embaumaient l'air. L'esprit en paix, ils dormirent d'un sommeil réparateur, alternant les tours de garde, pour que jamais le feu ne s'éteigne.

F'ro sommeillait près des braises fumantes lorsqu'il fut éveillé par des vibrations sur le sol. Il ouvrit les yeux, surpris de trouver le soleil déjà haut dans le ciel. Il se leva, donna l'alerte, et tous les trois s'élancèrent dans les petits arbres en grimpant le plus haut qu'ils pouvaient dans les fines branches. Ainsi suspendus dans les airs, ils purent voir un troupeau de gnous qui fonçait à travers les ronces, tête baissée. Ils étaient plusieurs centaines et le spectacle dura de longues minutes, dans un vacarme ahurissant, pour se terminer dans un nuage de feuilles et de poussières de sable volant dans toutes les directions.

Hanïa demanda qu'on attende avant de descendre, et ce, même si le troupeau était loin. Après un long moment de silence, où résonnait faiblement le pas lointain des animaux, le chasseur signala qu'il n'y avait plus aucun danger.

Ils se retrouvèrent sur une terre meurtrie, piétinée par les sabots des ruminants, respirant à travers un mouchoir pour ne pas s'étouffer avec la poussière.

— Qu'est-ce qui a bien pu les effrayer ainsi? demanda F'ro. Des lions ou des chiens sauvages en chasse?

— Non, fit Hanïa. Des prédateurs n'auraient pas affolé le troupeau de cette manière. Et s'ils l'avaient fait, ils auraient suivi, chassant derrière. Ce troupeau de gnous a été effrayé par autre chose.

— Hugo et les Crapauds, dit Lha. Nous avons dormi trop longtemps, c'était dangereux.

— Je le pense aussi, fit le Hyène. Quittons cet endroit au plus vite.

Et ils repartirent de ce pas de course, qui les faisait presque voler, se faufilant à toute vitesse entre les arbustes, empruntant le même chemin que les bêtes.

Moins d'une heure plus tard, ils retrouvèrent les gnous. Les bêtes broutaient calmement l'herbe fraîche qui poussait aux abords d'un grand lac. L'étendue aux eaux brunes et boueuses servait de point d'eau et de ravitaillement pour tous les animaux. Des oiseaux vivaient là par milliers. Leurs piaillements et leurs cris incessants s'élevaient sur les rives dans un tumulte étourdissant.

— Regardez, fit Hanïa, de l'autre côté du lac....

— ... les marais, poursuivit F'ro.

Une forêt d'un vert très foncé, presque noir, s'étirait comme une muraille sur la rive opposée. On pouvait y voir de grands arbres aux troncs immenses et aux racines étranges qui s'étendaient comme les tentacules d'un poulpe et qui s'enfonçaient dans les eaux vertes à leurs pieds.

Ils avaient finalement atteint les grands marais du sud, là où vivait le sorcier Babouin, celui qu'on disait responsable de tant de maléfices dans le monde.

* * *

Le soleil plombait fort sur la savane depuis le matin. Une fois qu'il avait atteint son zénith, on avait la nette impression de se déplacer au milieu d'une fournaise. Installés à l'ombre des arbres, à cet endroit même où les trois compagnons avaient passé la nuit, Hugo et ses malabars[62] attendaient que passe le midi, afin de poursuivre leur route sous une chaleur plus clémente.

Les Crapauds qui avaient d'ordinaire un teint verdâtre étaient maintenant d'un gris foncé. Leur peau brûlée par le soleil était parsemée de crevasses profondes et de brûlures qui, remplies de sable et de poussière, laissaient transparaître leur chair rougie, brûlée à vif. Visiblement, ils avaient souffert de cette traversée.

Vers le milieu de l'après-midi, alors que des nuages nouvellement formés répandaient quelques zones d'ombre qui se déplaçaient lentement sur la savane, Hugo et les siens quittèrent les fourrés pour poursuivre leur route.

---

62. Hommes costauds.

Les Crapauds avançaient par bonds, toujours puissants, qui les élevaient haut dans les airs pour les faire retomber lourdement sur le sol. Mais ils étaient d'une lenteur étonnante, prenant parfois plusieurs minutes entre chacun des sauts, reprenant leurs forces entre chaque effort. Lors de ces moments, ils demeuraient parfaitement immobiles, seule leur grosse langue s'agitait mollement dans leur bouche grande ouverte, comme s'ils essayaient d'attraper le peu d'humidité que contenait l'air ambiant.

Vers la fin du jour, lorsqu'ils virent le lac et les grands marais à l'horizon, ils furent saisis par une frénésie qui les fit tous coasser à l'unisson. Ils bondirent cette fois avec une énergie surprenante. Ils arrivèrent en trombe sur les bords du lac, faisant fuir tous les oiseaux dans les parages, et plongèrent dans les eaux bienfaisantes pour rafraîchir leurs plaies béantes.

* * *

— Vous avez vu ? fit Lha.

Hanïa et F'ro acquiescèrent promptement de la tête.

Cachés derrière les grandes racines des arbres, les pieds dans la vase jusqu'aux genoux, ils pouvaient voir les Crapauds qui remontaient à la surface après avoir plongé. Il fallut l'après-midi pour contourner le lac par la rive, et ainsi rejoindre les marais. Ils avaient marché dans le limon et les longues herbes, et étaient trempés de la tête aux pieds, couverts de boue. À plusieurs reprises, ils avaient glissé ou marché sur des sols instables, s'enfonçant parfois jusqu'à la taille.

Ils demeuraient immobiles pour ne pas attirer l'attention. Ils avaient chacun un nuage de moustiques qui volait au-dessus de la tête.

Hanïa agitait constamment les oreilles. Déjà, des traces de piqûres apparaissaient dans sa fourrure.

— Ces Crapauds sont plus rapides que je le croyais, dit-il. J'étais persuadé que nous avions plus d'une journée d'avance.

— Ces affreux ne dorment jamais, dit F'ro.

— Il va falloir se dépêcher. Ils vont traverser le lac en quelques brasses. Nous devrons continuer notre chemin, jour et nuit, sans nous arrêter. Ils sont dorénavant chez eux dans la vase… mais pas nous.

Ils n'avaient aucune idée de la direction à prendre. Les marais menaçants s'étendaient partout à l'horizon. Tous les arbres semblaient identiques, s'étirant chacun vers le ciel et coupant la lumière du soleil pour ne laisser filtrer çà et là que quelques rayons discrets. Il n'y avait que de l'eau et de la boue. Aucun chemin n'indiquait une voie à suivre. Et déjà, ils étaient à bout de patience avec les moustiques qui les harcelaient par milliers.

Ils conclurent qu'un sorcier si puissant saurait sûrement se faire remarquer. Et pour échapper aux tourments et aux peurs qui les assaillaient, ils s'enfoncèrent dans ces lieux glauques en disparaissant derrière les arbres.

Hugo et les siens avaient commencé à traverser le lac en nageant sur le ventre et en poussant mollement avec leurs postérieurs. Leurs grosses têtes dépassaient à peine de l'eau, leurs yeux globuleux glissant à la surface. Avec leur odorat hypersensible, ils pouvaient sentir les effluves subtils de leurs proies dans la brise légère qui se déplaçait sur le lac. Nullement pressés, ils nageaient lentement, persuadés que d'ici une journée le sort de leurs victimes serait définitivement scellé... au fond de leurs estomacs.

* * *

Les marais du sorcier Babouin étaient tels que les avaient décrits So Li et la reine Maïssa : un endroit inhospitalier et inquiétant. Il leur fallait faire bien attention où poser les pieds, pour ne pas sombrer dans les sables mouvants. Ainsi, ils avançaient très lentement, à l'affût du moindre bruit, se glissant entre les grands arbres et leur couvert de feuillages épais qui emprisonnaient la lumière. Dans cet étrange labyrinthe, sans aucune prise sur le temps, ils virent fatalement tomber la nuit, pour se retrouver dans la noirceur la plus complète.

En se tenant par la main, F'ro et Lha pouvaient s'éclairer de leur lumière bleue. Mais l'endroit avait pris une allure encore plus sinistre avec les ombres qui s'étiraient dans toutes les directions jusqu'à disparaître dans la nuit. Les arbres, avec leurs grosses racines qui les soulevaient de terre, ressemblaient à des monstres géants. Leurs pieds humides les faisaient souffrir. Il n'y avait, au milieu de cette eau et de cette vase, aucun endroit pour se reposer. Et la moindre pause, tel que l'avait dit Hanïa, donnait une chance à Hugo de les rattraper.

Mais pour le couple F'ro et Lha, dont les sens aiguisés transcendaient[63] le monde matériel, la véritable question n'était pas de savoir si les Crapauds allaient les rattraper, mais de savoir quand ils se décideraient à les attaquer.

Dans les rares clairières qu'ils rencontraient, ils cherchaient la route du sud dans les étoiles. Le regard des deux Souris demeurait chaque fois accroché à quelques-unes d'entre elles, celles qui formaient leur constellation à eux. Ces étoiles scintillantes leur parlaient intimement et ils savaient qu'ils avançaient dans la bonne direction.

— Hanïa, fit Lha, ne t'éloigne pas trop.

---

63. Donner accès à un monde supérieur.

Le Hyène ne l'écouta pas et s'éloigna pendant que les deux Souris se retournaient dos à dos pour regarder dans toutes les directions. Ils virent l'ombre d'Hanïa qui s'étirait longuement dans la petite clairière. Le chasseur se déplaçait en exposant son large dos. Des bêtes se promenaient dans les arbres au-dessus de leurs têtes.

— Tu les sens ? demanda la jeune fille à son compagnon.

— Oui, fit celui-ci, je les sens aussi. Ils nous observent depuis un moment. Mais je n'arrive pas à les voir.

— Leur peau est grise et visqueuse comme la boue si abondante en ces lieux. Ils sont heureux, ils sont agressifs. Je me demande ce qu'ils attendent.

— Ils prennent plaisir à nous voir souffrir, ça, c'est sûr.

F'ro avait parlé en écrasant des moustiques sur son visage.

Depuis le début de la nuit, les mouches et autres insectes suceurs de sang avaient augmenté en nombre et s'acharnaient de plus belle sur les trois compagnons. Une multitude de boursouflures rouges gonflaient leur peau sous la fourrure. Les bourdonnements incessants dans leurs oreilles les exaspéraient au plus point.

Hanïa lâcha un cri et s'agita brusquement dans la vase. Les deux Souris se rendirent jusqu'à lui, puis reculèrent de quelques pas quand le Hyène releva sa lance et montra le serpent qu'il venait d'empaler. La bête se tortillait sur l'embout en métal. Le chasseur gardait sa main sur sa cuisse. Il révéla ainsi une vilaine blessure, d'où le sang coulait.

— Il m'a mordu.

— Tu connais cette espèce ? demanda Lha. Il est venimeux ?

— Je ne sais pas, non. Nous verrons bien.

Ils firent silence pour regarder F'ro. Le Souris avait le nez et les oreilles qui s'agitaient, sa tête bien relevée, comme s'il cherchait quelque chose dans la nuit.

— Ils ne sont pas très loin, dit-il. Ils marchent. Je les entends approcher.

Et tous les trois disparurent aussitôt en s'enfonçant plus encore dans les sombres marais.

* * *

Il ne restait que quelques ondes à la surface de l'eau qui frétillait encore après leur départ. La peau du serpent flottait là, et l'odeur de sang attirait une quantité effroyable de mouches qui bourdonnaient au-dessus des restes. Deux yeux émergèrent de l'eau vaseuse, puis le corps musclé du batracien Hugo. Il fut suivi aussitôt de ses guerriers qui en firent autant, la boue glissant sur leur peau. Les

Crapauds de Targ avaient retrouvé leur couleur vert foncé et luisant. Les plaies causées par le climat aride de la savane étaient pratiquement guéries.

Ils s'étiraient comme s'ils venaient de terminer une nuit de sommeil. Leurs yeux brillaient d'un éclat orange. Visiblement, ils étaient en pleine forme. Les mouches, nullement attirées par leur sang froid de batraciens, ne s'occupaient guère d'eux ; ces êtres semblaient même les répugner.

— Voilà longtemps que nous n'étions pas venus sur la terre de nos ancêtres, ô Hugo... fit l'un des Crapauds en ajustant son casque.

Il enlevait de la mousse verte sur le bout de la corne effilée.

— ... Ce voyage est une véritable bénédiction, ajouta-t-il.

— En effet, fit Hugo, toujours aussi laconique.

Il regardait nonchalamment dans la direction où avaient détalé leurs proies.

— Je devrais me faire transporteur d'or, fit le soldat Crapaud. Comme ça, je reviendrais ici régulièrement pour soigner mon teint. Nous sommes vraiment la lie de notre société.

— Par contre, les soldats sont bien nourris.

Tous les Crapauds se mirent à coasser fortement sur ce mot d'esprit de leur chef. En effet, les guerriers de Targ dévoraient toujours leurs ennemis sur les champs de bataille. Pour eux, la guerre était un festin. Et la paix, une longue disette[64].

— Mais, dis-moi, Hugo, pourquoi est-ce qu'on ne s'occupe pas tout de suite de ces Souris et de leur Hyène ? Nous devrions en avoir fini avec eux depuis longtemps.

— C'est vrai. Mais je ne comprends pas pourquoi ils ont emprunté ce chemin. Ils ont une drôle de boussole, car ils s'en vont directement à la pouponnière. Ce sera sans doute agréable de retrouver notre pondeuse, et de dévorer nos ennemis en compagnie de nos petits.

Et les coassements affreux des Crapauds reprirent de plus belle en s'élevant sur la sombre forêt des marais, jusque dans un écho lointain.

* * *

De grands frissons parcoururent l'échine des trois compagnons lorsque les coassements retentirent autour d'eux en se répercutant sur les troncs pétrifiés[65] des arbres du marais.

Malgré l'effroi, ils furent soulagés de voir le jour qui se levait. La fatigue leur pesa moins, au fur et à mesure que la nature prenait forme autour d'eux et qu'ils pouvaient poser leur regard sur le paysage.

---

64. Famine.
65. Durs comme de la pierre.

Ragaillardis par le sentiment de sécurité que procurent les choses que l'on reconnaît, leur pas se raffermit et ils redoublèrent d'allure.

Il n'y avait que le chant de quelques oiseaux pour perturber la quiétude de ce matin-là dans les marais. Jusqu'à ce qu'une chose étrange se métamorphose avec le jour, sous leurs yeux. Hanïa fut le premier à le signaler.

Sur un gros caillou, à une vingtaine de pas, se tenait un Crapaud qui devait faire cinquante centimètres de haut. Parfaitement immobile, ses longues jambes repliées lui montant de chaque côté de la tête, il donnait l'impression d'être fait de la même pierre que celle sur laquelle il reposait. À intervalles réguliers, ses grandes paupières s'ouvraient et se refermaient sur ses yeux. D'un geste vif, qui les surprit tous, l'amphibien attrapa avec sa langue une grosse libellule qui passait devant lui. Il reprit aussitôt sa position initiale, imperturbable.

Le Hyène avait saisi sa lance d'une main. Il voulut s'avancer vers le Crapaud, mais fut retenu par Lha et F'ro.

— C'est un jeune Crapaud, dit Lha. Un enfant.

— Et alors ?

— Il est trop petit pour s'en prendre à nous. Il ne nous fera aucun mal.

— Un Crapaud de moins ne peut être qu'une bonne chose dans ce monde, dit Hanïa. Que ferat-il lorsqu'il sera en âge de combattre ? Il ira bouffer des Souris.

Il voulut s'avancer malgré l'avis contraire de ses amis. Mais la main ferme de F'ro le retint par le bras. Mécontent, le Hyène donna un coup brusque avec l'épaule, mais F'ro ne lâcha pas son emprise. Le Souris avait un regard sévère qu'il enfonçait dans celui du chasseur.

Hanïa abaissa son arme.

— Les Souris sont trop conciliants. C'est pourquoi ils n'ont pas su empêcher l'invasion de leur royaume par Targ et les siens.

— Ta haine vient tordre ton esprit, lui répondit Lha. Pourquoi ne vas-tu pas expliquer à Maïssa la raison de ta trahison ? Peut-être qu'elle se fera un plaisir de te coudre les yeux à toi aussi ?

Hanïa baissa le regard, visiblement honteux. Il toucha sa cuisse blessée et grimaça un moment. Et c'est dans le plus grand malaise qu'ils reprirent leur route. Le petit Crapaud les regarda passer près de lui sans broncher. Lorsqu'ils furent éloignés, il plongea dans la vase et disparut.

* * *

C'était tôt le matin, et déjà une chaleur insoutenable s'installait dans le marais. Les arbres qui absorbaient les rayons du soleil rendaient l'atmosphère humide et irrespirable. Les mouches et les moustiques les harcelaient toujours en tournant autour de leur tête avec acharnement.

Ils constatèrent qu'il y avait partout autour d'eux des dizaines de petits Crapauds. Ces derniers, sur des cailloux, des souches, ou flottant sur l'eau, les observaient tout en avalant les grosses mouches qui volaient par milliers. Cette fois, ils saisirent tous leurs armes et avancèrent à la file, prenant soin de ne faire aucun geste brusque susceptible de provoquer une pagaille. Si un jeune Crapaud n'était pas une menace, cinquante pouvaient l'être. Heureusement, ces êtres au sang froid n'attaquent que lorsqu'ils sont sûrs de la victoire.

— Quel curieux spectacle ! s'exclama F'ro. Il y en a partout, aussi loin que je puisse regarder.

— Il semble que nous venons de trouver la source de tous nos ennuis, lui dit sa compagne.

Un bruit, comme une chose tombée à l'eau, les fit sursauter. Ils coururent devant pour trouver une clairière avec une mare en son centre. Le soleil était éclatant et une multitude d'insectes volaient là dans la lumière, accompagnés par les cigales qui chantaient à tue-tête. Au milieu de cette mare, il y avait un être des plus étranges.

C'était un grand oiseau. Un échassier qui devait mesurer près de trois mètres. Il avait un énorme bec avec lequel il fouillait la vase, tout en se déplaçant sur ses longues pattes.

Ce grand volatile les avait vus arriver en trombe, au bout de la mare. Il ne semblait nullement effrayé, et se contentait de les observer d'un œil tout en plongeant son bec pour en ressortir avec un immense têtard. Le Héron releva la tête et l'avala goulûment en le faisant descendre dans sa gorge.

Sitôt son repas terminé, il leur envoya un regard sévère, presque haineux. Son bec s'ouvrit tout grand et d'une voix puissante et nasillarde, il s'adressa à eux.

— Qu'est-ce que vous faites ici ? Allez-vous-en ! Vous faites fuir la nourriture.

— Nous sommes sincèrement désolés, cher monsieur, répondit Lha. Si vous étiez assez aimable pour répondre à quelques questions, nous vous en serions très reconnaissants. C'est que, voyez-vous, nous sommes perdus, et...

— Perdus ! fit l'oiseau. Ha ! Ha ! Elle est bonne, celle-là ! Bien sûr que vous êtes perdus. Un Hyène et des Souris, en cet endroit. Vous êtes encore chanceux de ne pas vous être fait bouffer par les Crapauds.

— Et vous-même ! s'exclama F'ro, offusqué de l'attitude crâneuse[66] de l'oiseau.

— Moi-même, petit Souris ? Moi-même, j'ai des ailes.

---

66. Prétentieuse, faussement courageuse.

Cela dit, prenant un air pédant, il déploya une formidable paire d'ailes. Il fit un tour sur lui-même.

— Quand les Crapauds arrivent, je m'en vais, avant même qu'ils m'aient repéré. Je m'envole et je disparais haut dans les airs. Et maintenant, gamin, c'est toi qui t'en vas ! Allez, ouste ! C'est mon territoire. Je vais me fâcher !

F'ro ne semblait pas impressionné par les frasques[67] de l'oiseau. C'est qu'une chose venait de s'allumer dans son esprit. Une question qui lui brûlait la langue. Il s'avança encore plus dans la mare et il ajouta à voix haute :

— Mais, dites-moi donc, monsieur le Héron, vous qui régnez en maître ici : s'il y a des têtards, c'est qu'il y a des œufs, n'est-ce pas ?

— Ben... Heu... Oui, fit l'oiseau.

— Et s'il y a des œufs, c'est qu'il y a une pondeuse ?

— Oui, bon... C'est évident, mon jeune ami. Vous êtes très bon en sciences naturelles et en biologie. Mais, vous allez m'excuser, je dois m'en aller, j'ai un rendez-vous quelque part.

Le grand oiseau fit un salut bref de la tête et partit au pas de course. Ses longues pattes éclaboussaient l'eau pendant qu'il battait l'air avec ses ailes.

— Il faut l'arrêter ! cria F'ro.

---

67. Écarts de conduite, exagérations.

Ils s'élancèrent à la suite du Héron qui commençait à s'élever dans les airs. D'un élan simultané, ils bondirent pour se saisir de ses grandes pattes qui traînaient derrière. L'oiseau, incapable de s'envoler avec un tel surplus de poids, s'écrasa violemment à plat ventre dans l'eau.

L'oiseau en colère hurla furieusement. Il se débattit, donna des coups de bec. Mais rien n'y fit, il ne put se départir de l'emprise de ses agresseurs. F'ro tenait fermement les pattes pendant qu'Hanïa et Lha s'étaient déplacés pour saisir chacun une aile. Cette fois, le Héron était pris. Il n'exprimait plus de la colère, mais une véritable panique.

— Lâchez-moi! Mais vous êtes fous! Je ne vous ai rien fait. Je dois m'en aller. Ils vont arriver!

— Bien sûr qu'ils vont arriver, fit malicieusement F'ro, qu'est-ce que tu crois? Ils sont juste derrière nous. Et ils seront certainement très aimables si nous leur offrons en pâture ce vilain Héron qui bouffe leurs enfants, tu comprends?!

— Oh non! Pitié, Maître Souris! Ne faites pas ça! La grosse Berthe a dit que je pouvais.

— La grosse Berthe? Qui est cette grosse Berthe?

— Je vous en prie, laissez-moi...

— Je vais te relâcher seulement si tu me dis qui est cette grosse Berthe et où je peux la trouver.

Le Héron se calma. Il se faisait offrir de négocier sa libération et comprenait qu'il n'y avait pas d'autre moyen de venir à bout de ces trois enragés. Assis dans l'eau, les plumes défaites, il regardait F'ro d'un air pathétique.

— Berthe est la pondeuse des Crapauds. C'est elle qui met au monde tous leurs petits... Ah! la malheureuse!

— Et où peut-on la trouver?

— Vous n'êtes pas très loin. Poursuivez votre chemin en suivant le ruisseau au bout de cette mare. Il vous mènera jusqu'à un grand lac. Elle habite sur l'île, au centre. C'est une bonne fille, qui ne ferait pas de mal à une mouche... Enfin... c'est une façon de parler.

Ils lâchèrent leur emprise et le Héron se releva maladroitement sur ses longues échasses. Prenant un air faussement digne, il secoua ses plumes pour les assécher, puis reprit sa course pour s'envoler.

L'envol de cet oiseau géant était une chose magnifique. Ils demeurèrent un long moment, fascinés par le Héron qui tournait au-dessus de leur tête. Celui-ci avait perdu ses airs pédants et pathétiques pour afficher une grâce simple et splendide en se laissant planer avec ses grandes ailes.

De sa voix nasillarde, il hurla depuis le ciel:

— Sauvez-vous! Je les vois! Ils avancent dans les marais. Ils s'en viennent vers vous.

Hugo et ses guerriers approchaient dangereusement.

Les trois compagnons empruntèrent le ruisseau au bout de la mare. Prudemment, ils cheminèrent dans une nature qui commençait à changer. De chaque côté du ruisseau, ils pouvaient voir de la terre ferme entre les arbres ; la première qu'ils voyaient depuis deux jours. Vers midi, ils aboutirent devant le lac indiqué par le Héron.

* * *

C'était une vaste étendue d'eau, plutôt stagnante. Les rives étaient parsemées de milliers de quenouilles. Des nénuphars formaient de grands tapis verts çà et là sur le lac. Les moustiques volaient par millions dans ce paysage inondé par le soleil. Et en plein centre, il y avait un îlot de roches parsemé de petits arbres et de longues herbes.

— Comment fait-on pour se rendre là-bas ? demanda Hanïa.

— On n'a pas le choix, répondit F'ro. Il va falloir nager.

— Je ne peux pas, répondit sèchement le chasseur. Si j'essaie de me rendre là, je vais me noyer, c'est sûr.

Sa cuisse semblait mal en point. Et depuis la veille, le Hyène n'avait cessé de boiter. Il ne serait pas capable de nager. Lha fixait F'ro du regard. Elle lui parlait avec ses yeux, et lui, il comprenait tout.

— Mais voyons, Lha… Je ne peux aller là tout seul, c'est insensé.

— Tu es le seul qui sache nager convenablement.

— Mais Hugo arrive et…

— Justement, je ne laisserai pas Hanïa tout seul. Il est blessé. La morsure du serpent est mauvaise. Nous ferons le tour du lac et nous nous cacherons sur la rive opposée. Nous t'attendrons. Tu viendras nous y rejoindre.

F'ro acquiesça à contrecœur. Il les regarda disparaître, entre les quenouilles et les roseaux. L'idée d'être séparé d'elle lui était chaque fois insupportable. Encore plus depuis la mésaventure chez la reine Maïssa. Le souvenir des Mérédiths revenait chaque fois comme une fatalité inévitable pour les esprits malheureux, et F'ro revoyait avec anxiété les visages horribles avec leurs yeux blessés, cousus de fil noir. Il agita la tête pour chasser ces tristes pensées.

Aucune brise n'agitait la surface du lac qui ressemblait à une nappe d'huile. Prenant son courage à deux mains, le Souris se glissa dans l'eau visqueuse avec dédain, craintif à l'idée de devoir traverser seul cette sombre étendue d'eau. Si les Hérons pouvaient mesurer trois mètres dans ce pays, qu'en était-il des poissons ?

Il avançait d'une brasse maladroite, poussant l'eau derrière lui du mieux qu'il pouvait. Ses vêtements et sa petite épée pesaient lourd et il sentit la fatigue l'envahir rapidement. À plusieurs reprises, il retint son souffle, persuadé qu'une créature nageait sous lui. C'était comme une ombre, un monstre surgi des abysses[68], venu pour l'avaler. Et il devait se convaincre que ce n'était que des mauvaises impressions que son esprit séparé de son âme sœur provoquait. Il ne pouvait rien faire d'autre que de continuer à se déplacer. Si un poisson géant tentait de le dévorer, il n'y pourrait rien. Dans ce milieu aqueux et étranger à sa nature, il n'était plus lui-même. C'est la conviction et l'espoir qui le firent continuer à nager en se faufilant entre les tapis de nénuphars. Il atteignit, soulagé, la petite île.

F'ro était à quatre pattes parmi les roseaux. Des mouches noires bourdonnaient autour de sa tête, mais il demeurait imperturbable, ses cheveux dégoulinant sur son visage, ses deux mains enfoncées dans la boue. Il entendait clairement la respiration d'un être vivant qui semblait forcer, exprimant de la contrainte et de la douleur. Cet effort se terminait par un long soupir de soulagement, sitôt suivi par le bruit sourd d'une chose qui tombait à l'eau.

---

68. Profondeurs sous-marines.

En se glissant furtivement parmi les arbustes et les longues herbes qui recouvraient l'île, F'ro découvrit en son centre une énorme femme Crapaud, très grasse. Elle se déplaçait péniblement sur son gros ventre, ses petites jambes touchant à peine le sol. Gigantesque, elle devait faire deux fois la stature d'un soldat de Targ. Elle roulait des gros yeux dans tous les sens et semblait s'affoler en humant l'air.

— Mais qui donc se cache dans les herbes pour m'observer ? fit-elle d'une grosse voix sourde et lente, propre à cette race de batraciens. Qui est là ? Montrez-vous !

Après avoir pris une grande inspiration, F'ro sortit de sa cachette, à la grande surprise de la dame. Celle-ci parut tout d'abord choquée, comme si elle voulait tenir à distance cet intrus, mais elle montra ensuite un air affable en prenant la mesure de son visiteur.

Il était tout trempé, et sale. La traversée de la savane, puis celle des marais l'avaient laissé dans un état pitoyable. Malgré tout, il conservait une santé et un moral de fer. Il la regardait avec des yeux clairs et un sourire magnifique, qui rassurèrent la grosse dame Crapaud.

— Je m'appelle F'ro. On m'a dit que je trouverais ici une dame du nom de Berthe.

— Mais… mais c'est moi, dit-elle, charmée d'entendre ce jeune homme qui prononçait son nom.

Mais qui donc vous a parlé de moi ? Il y a si long-temps qu'on me tient prisonnière sur cette île... J'avais l'impression d'avoir été effacée de la mémoire du monde.

— C'est le Héron qui nous a indiqué le chemin.

La grosse femme Crapaud se mit à rigoler dou-cement en acquiesçant de la tête. Elle grimaça ensuite, crispée de douleur. Et elle pondit sans pudeur, devant F'ro, un œuf rond et gluant qui glissa sur la vase pour se retrouver au fond du lac. Elle expira longuement et sembla très soulagée. Puis elle rigola de nouveau comme si rien ne s'était passé.

— Ah, ce brave Héron, fit-elle. Tant mieux s'il se gave. Qu'il en bouffe de ces têtards qui naissent de ces œufs maudits qu'on me force à pondre jour et nuit, sans repos, et ce, depuis des années !

Elle parlait en s'agitant sur son gros ventre, visi-blement troublée. Son regard tantôt rieur s'était éteint et ses yeux étaient devenus humides. Puis, elle ouvrit la bouche et attrapa une mouche en plein vol, qu'elle avala compulsivement[69].

— Ah ! si je n'étais pas si gourmande ! soupira-t-elle... Voilà tout mon malheur. J'ai toujours faim ! Je suis si grosse que je ne peux me sauver et échap-per à cette condition. Ah, misère ! Que faire lorsque

---

69. Sans pouvoir se retenir.

l'on a ni volonté ni aptitude ? Voilà où j'en suis : pondeuse de malheur, à faire des soldats pour détruire le monde. Mais, trêve d'apitoiement sur ma pauvre personne, dites-moi plutôt, je vous prie, ce qui vous a amené ici, Maître Souris. Je m'étonne. Cet endroit est dangereux. Les soldats qui viennent me visiter régulièrement vont vous attraper et vous dévorer.

— Je viens de la vallée du Hen'e, répondit F'ro. Les Crapauds de Targ ont envahi mon village et réduit les miens à l'esclavage.

— Mon pauvre ami… si vous saviez comme je me sens coupable. Tout est de ma faute. À cause de ma nature indigne…

La grosse Berthe fit mine de s'étouffer. Ses yeux semblèrent vouloir sortir de sa tête. Elle grimaça de douleur et pondit un autre œuf qui glissa par-dessus les autres au fond de l'eau. Avec le temps, ils allaient devenir des têtards qui iraient se balader un moment dans les mares des environs avant de devenir de petits Crapauds, qui un jour feraient de terribles guerriers, comme Hugo ou Targ.

Elle agita la tête de gauche à droite, accablée. De grosses larmes coulaient sur ses joues.

— Je suis maudite par tous ceux qui souffrent à cause de ma progéniture. Vous êtes venu ici depuis votre lointain pays pour m'enlever la vie, et vous avez raison. Sachez que je ne résisterai pas. Allez,

Maître Souris, sortez votre dague, et finissez-en avec cette grosse Berthe. Elle a fait trop de mal en ce triste monde...

F'ro se demanda, en effet, s'il n'avait pas là l'occasion rêvée d'en terminer avec le cauchemar que vivaient les habitants du monde depuis tant d'années. Mais, jamais il n'aurait été capable de faire une chose pareille. La grosse Berthe lui était sympathique et il en avait pitié. Et le cœur de Lha, si près du sien, l'en aurait absolument empêché.

— Je ne suis pas venu ici pour te tuer. J'aimerais seulement savoir pourquoi tu ponds tous ces œufs, sachant tout le mal qu'ils vont engendrer.

— J'aimerais le savoir, aussi, Maître Souris. Et je voudrais bien arrêter d'être la source intarissable de tout ce malheur. Mais je ne contrôle plus mon pauvre corps. Il y a de cela très longtemps, le sorcier est venu et il m'a ensorcelée, me forçant à demeurer sur cette île. Je suis trop grosse, incapable de me mouvoir. Les mouches abondantes dans ce marais me passent continuellement au-dessus du nez... Et j'ai tellement faim. Le sorcier et Targ ont éliminé toutes les femelles de notre race. Ils ont fait de moi une reine qu'ils vénèrent telle une déesse de la fertilité. Mais en vérité je suis leur prisonnière. Du poison coule dans mes veines et me contraint à pondre des œufs qui se développeront inévitablement en soldats mâles.

Ma progéniture est composée de sans-génie aux gros bras, dont la seule mission est de faire la guerre.

F'ro demeurait pensif. Tout, depuis leur départ de la vallée du Hen'e, convergeait vers ce point unique : le sorcier.

— Et le Babouin, tu sais où je peux le trouver, Berthe ?

— Oui, je le sais. Mais tu ne peux aller là-bas. Ça ne servirait à rien. Il est si puissant qu'il peut soumettre le monde entier à tous ses désirs et perversions. Tu t'y perdrais et n'en reviendrais jamais. Ou alors, si le sorcier te laissait aller, tu retournerais chez toi l'esprit si corrompu que tu ferais souffrir tous ceux que tu aimes. Finis-en avec moi, et sauve-toi, ça vaudra mieux.

— Si je te tue, il y aura d'autres Berthe et encore d'autres Crapauds qui parcourront le monde. C'est le Babouin que je dois voir. C'est de lui qu'il faut venir à bout. Sinon toutes nos luttes, toutes les morts qu'il a causées auront été inutiles.

Berthe soupira. Elle pondit un autre œuf dans la douleur, et cette fois-ci éclata en sanglots. Elle regardait le petit Souris d'un air désolé.

— Alors si c'est vraiment cela que tu désires, continue ta route vers l'est. Tu y seras en moins d'une journée. Il habite un arbre sur une grande colline où il empile tout l'or du monde.

F'ro allait ajouter quelque chose, mais ferma les yeux en baissant la tête. Ses lèvres se crispèrent. Quelque chose brûlait dans son ventre. Son cœur s'était mis à battre très fort. Sa compagne, Lha, souffrait. Il se précipita sur le côté nord de l'île pour regarder en direction de la rive opposée. Parmi les quenouilles et les roseaux, il voyait le Hyène et la Souris aux prises avec un groupe de Crapauds. Il allait plonger tête première dans le lac pour se porter au secours de ses amis, lorsqu'une chose émergea à quelques mètres de lui.

C'était un Crapaud guerrier dégoulinant. Il était grand, avec de très longs bras desquels jaillissaient des muscles démesurés qu'il contractait en levant une épée au-dessus de sa tête. Son visage vert et visqueux était recouvert de balafres[70]. F'ro reconnut aussitôt le terrible Hugo.

F'ro bondit vers l'arrière pour éviter de justesse le coup. L'épée s'enfonça violemment dans le sable, à quelques centimètres de lui. Puis, il fut frappé sournoisement par Hugo, qui l'envoya rouler dans la boue, plus loin. Impuissant devant la force de son adversaire, le Souris se protégea avec sa petite dague contre le prochain coup à venir.

Son épée soulevée à nouveau au-dessus de sa tête, le Crapaud s'avança vers sa victime, prêt à

---

70. Blessures causées par une arme tranchante.

l'empaler. Sur son visage impassible, ses yeux jaunes dégageaient une intense violence.

— Je vais te couper en morceaux et te dévorer lentement, comme un hors-d'œuvre, petit Souris.

Croyant son heure venue, avec sa dernière pensée pour Lha, F'ro ferma les yeux. Il se sentit soudain écrasé par une masse énorme qui l'enfonça profondément dans la boue.

Incapable de bouger, ni de respirer, il se demanda un instant s'il n'était pas mort. Mais cette masse qui l'écrasait bougeait et il comprit alors que c'était le ventre de la grosse Berthe.

Elle s'était laissée choir sur lui et agitait ses petites pattes en se déplaçant du mieux qu'elle pouvait avec son corps éléphantesque. F'ro, après de pénibles efforts, finit par se dégager de la boue et se glissa à l'air libre. Il regarda Berthe, stupéfait.

La grosse dame avait la tête renversée vers l'arrière et son cou était agité par de puissantes convulsions. De sa bouche, on pouvait voir dépasser les jambes d'Hugo qui bougeaient mollement. Les contractions dans la gorge de la grosse Berthe se poursuivaient et toujours le guerrier de Targ s'enfonçait plus en avant dans son gosier.

Elle lui fit un clin d'œil avec sa grosse paupière. Puis parla la bouche pleine.

— Allez, mon jeune ami! Va à la rescousse de tes compagnons. Il me faudra plus d'une heure pour avaler cet imbécile. Mes meilleurs vœux vous accompagnent jusqu'au sorcier.

* * *

F'ro traversa le lac en un temps record. Il se précipita dans les roseaux, pour trouver ses amis en mauvaise posture encerclés par un groupe de cinq guerriers Crapauds qui chargeaient à tour de rôle. Hanïa et Lha tenaient leurs assaillants à distance respectable en se défendant honorablement. Mais la jambe du Hyène était mal en point. La plaie causée par la morsure s'était considérablement ouverte et saignait abondamment.

Les Crapauds, en voyant F'ro, quittèrent leur position d'attaque et reculèrent de quelques pas. Ils se regardaient les uns les autres. Hugo devait s'occuper du jeune Souris. Visiblement, le plan n'avait pas fonctionné.

F'ro les chargea en criant de toutes ses forces, ce qui les fit reculer plus encore. Et lorsque les affreux virent, au loin, la grosse Berthe occupée à avaler leur chef, ils s'enfuirent sans demander leur reste, bondissant chacun de leur côté, pour s'enfoncer et disparaître dans les eaux sombres du lac, ou dans la vase du marais derrière.

Lha prit la main de son compagnon et ils allèrent ensuite au-devant d'Hanïa qui s'était assis dans la boue et qui déchirait frénétiquement son vêtement avec ses mains pour exposer sa blessure.

— Je ne sens plus ma jambe, dit-il en grimaçant. Ça fait trop mal.

— Calme-toi, maintenant, lui dit Lha. Nous allons nous occuper de ça.

La filleule de So Li examina un moment la plaie du Hyène. Après plusieurs compressions, elle parvint à arrêter le sang de couler. Elle nettoya la plaie avec de l'eau, puis banda la jambe avec un bout de tissu.

— C'est le mieux que je puisse faire pour le moment, dit-elle. Est-ce que ça ira?

Le Hyène acquiesça, en souriant et en grimaçant à la fois. Il sauta sur sa jambe un moment. Puis fit signe qu'il serait ok pour le restant du voyage. Après quelques heures de marche, sur le midi, ils virent se découper une ombre immense à l'horizon. Un arbre comme ils n'en avaient jamais vu.

* * *

Une grande colline s'élevait longuement sur près d'un kilomètre, en formant un curieux monticule entouré par les marais, tel un champignon qui aurait poussé au milieu de nulle part. Ce qui frappait surtout l'imagination, c'était cet arbre immense qui trônait en son sommet. Avec son tronc démesuré et ses branches colossales au feuillage intense et luxuriant, ce végétal était si haut qu'il semblait presque toucher les nuages.

Une dizaine de routes traversaient les hautes herbes entourant la colline et menaient jusqu'au pied du grand arbre. Elles étaient parcourues par de nombreux convois qui se dirigeaient vers l'arbre ou qui en revenaient. Une activité intense régnait autour de la demeure du Babouin.

F'ro, Lha et Hanïa demeurèrent cachés dans les herbes, fascinés par le spectacle incessant de ces gens qui s'en allaient tout en haut de la colline en poussant de grands chariots remplis de richesses scintillantes qu'ils déversaient entre les racines de l'arbre. Il y avait là des êtres qu'ils reconnaissaient comme étant des Hyènes et des Crapauds. Mais aussi, d'autres espèces qu'ils n'avaient jamais vues ou dont ils n'avaient jamais entendu parler, aussi bien des reptiles que des mammifères ; des Chiens aux grandes oreilles, couverts de la tête aux pieds d'une armure de fer ; des Crocodiles vêtus de longues robes blanches, reconnaissables à cette mâchoire proéminente qui s'avançait sur leur visage. Il y avait quelques félins solitaires, mais aussi, beaucoup de Singes de différente espèces, qui se déplaçaient en groupes nombreux. Chaque groupe empruntait l'un des sentiers au pied de la colline, pour en faire l'ascension, et déverser ses trésors. Avant de retourner par où il était venu, jusqu'à ce qu'un autre groupe se présente, et ainsi de suite.

— Est-ce que ça ne s'arrête jamais ? demanda F'ro.

— Pourquoi donner tous leurs avoirs au Babouin ? questionna Hanïa.

— Ils doivent souffrir beaucoup, répondit Lha. Regarde leurs visages ternes, leurs expressions mornes... On dirait qu'ils ne se voient pas les uns les autres.

Ce qui les frappa le plus, c'était l'absence de gardes pour protéger l'or et l'argent. Un trésor pareil ne pouvait être laissé sans surveillance. Et pourtant, ils avaient beau chercher des yeux, ils ne voyaient nulle part ce qui pût ressembler à un soldat ou à une autre forme d'autorité. Il apparaissait que le sorcier Babouin était quelqu'un de si puissant qu'il pouvait se passer d'aide pour défendre un trésor qui devait faire l'envie du monde entier.

Ainsi, l'objet de leur quête leur sembla une chose parfaitement inatteignable ; si inaccessible qu'ils se sentaient totalement démunis devant la tâche à accomplir. Ils demeurèrent ainsi, interdits, toute la journée, incapables de bouger ou de prendre une décision, étendus dans l'herbe à observer le défilé de tous ceux qui venaient faire leurs obligations et dévotions[71] dans les entrailles de l'arbre du sorcier.

C'est F'ro qui, le premier, s'éveilla de cette apathie.

— Alors... On y va?

— Et on fait quoi? demanda Hanïa.

— On va voir le sorcier.

— Et qu'est-ce tu crois?

— Je ne crois rien.

— Tu penses qu'il va nous laisser monter et nous accueillir chez lui pour écouter nos histoires, c'est ça?

— Peu importe ce que je vais dire ou penser, ce n'est pas ce qui va arriver.

— Mais, vous deux, n'êtes-vous pas capables de ressentir un tant soit peu ce qui est à venir?

F'ro et Lha se regardèrent d'un air gêné. Ils ressentaient la même chose, mais n'osaient pas s'en parler.

— Nous ne pouvons pas savoir, poursuivit F'ro. Ce ne sont que des impressions.

— Et quelles sont-elles?

Encore là, il y eut un lourd silence que brisa Lha. Elle parla d'une voix calme, monocorde.

— Je pense, tout comme F'ro, que nous devons y aller coûte que coûte. Il se passera des choses

71. Remplissent leurs devoirs économiques et religieux.

terribles... contre lesquelles nous ne pourrons rien. Mais nous retournerons tous, sains et saufs, à la maison.

F'ro voulut confronter sa compagne du regard, mais celle-ci refusa, et se contenta de regarder le domaine du Babouin. Le soleil se couchait derrière eux et illuminait chaque détail du grand arbre – chaque feuille et chaque branche –, le faisant paraître encore plus imposant et irréel.

Ils attendirent que la nuit soit tombée avant de se mettre en route.

* * *

F'ro et Lha avançaient prudemment en se tenant par la main sur l'un des chemins qui menaient au sommet de la colline. À plusieurs reprises, ils offrirent à Hanïa de se joindre à eux, mais celui-ci refusa. Il paraissait méfiant, regardait de tous les côtés, ses oreilles s'agitant constamment sur sa tête. Il disait préférer se tenir à distance de ses compagnons, au cas où. Ceux-ci insistèrent pour qu'ils restent tous les trois l'un près de l'autre. Mais le Hyène demeura intraitable[72], préférant se fier à ses instincts de chasseur qui commandaient la solitude.

Les étoiles brillaient dans la voûte céleste. Les deux Souris regardaient leur constellation, la

---

72. Ne changera pas d'idée.

Grande Arche. Jamais ils n'avaient vu ses étoiles scintiller autant. Et ainsi, malgré le sentiment d'anxiété qui les habitait, ils furent convaincus d'avoir pris la bonne décision, peu importait le prix à payer.

À travers les feuilles de l'arbre géant, on voyait une grande lumière blanchâtre qui descendait tel un rideau le long du tronc immense. Et entre les grosses racines qui sortaient de terre, une luminescence dorée et miroitante, reflet de tous les trésors qu'on déversait là.

F'ro et Lha constatèrent qu'il n'y avait plus personne sur la colline. Tous les voyageurs de tous les continents étaient disparus. Ils se retournèrent pour se rendre compte, à leur grand désarroi, que le Hyène s'était évaporé, lui aussi, comme par enchantement. Leur sang se glaça. Leur lumière était pâle, d'un bleu à peine perceptible. Et comme s'ils s'étaient retrouvés au beau milieu d'un rêve, ils regardaient impuissants le grand arbre qui ressemblait à un être vivant venu d'un autre monde.

Et eux, ils étaient seuls.

* * *

En constatant la disparition de F'ro et de Lha, Hanïa conclut aussitôt à de la sorcellerie et s'élança, en sautillant sur sa jambe, au-devant de l'arbre pour trouver un abri entre ses immenses racines.

Le rideau de lumière blanchâtre l'inonda en lui donnant une désagréable sensation de transparence, comme si quelqu'un quelque part pouvait voir à travers lui. Saisissant sa lance à deux mains, il entreprit de faire le tour des lieux, d'un pas feutré. Tous ses sens étaient aux aguets.

Les racines émergeaient du sol, rondes et grises, comme les trompes d'un pachyderme se nourrissant à même le sol de terre noire. Hanïa les contournait en les effleurant d'une main, sentant l'écorce de cet arbre étrange, qui était lisse, sans aucune faille, comme du marbre fin. Soudain, il se retrouva face à l'une de ces cavités encastrées au creux des racines. Une lumière intense émanait de là. Le Hyène, malgré toute sa volonté, même s'il sentait le piège se refermer sur lui, ne put résister au désir d'aller jeter un coup d'œil. Combien d'or – et combien de richesses – avait-il vu s'engloutir dans les entrailles de l'arbre pendant une seule journée ? Et ce manège durait depuis des années, peut-être des siècles.

Il fut complètement ébloui et incapable de distinguer quoi que ce soit. Puis, lentement, au fur et à mesure que ses yeux s'habituaient à la lumière éclatante, il fut à même de distinguer ce qu'il y avait là ; une vision si incroyable qu'elle le troubla infiniment, à un point tel qu'il perdit l'équilibre et dut enfoncer ses griffes dans l'arbre pour ne pas tomber. Et malgré son vertige, il passa sa tête par l'ouverture, envahi par un désir irraisonnable d'en voir encore plus.

Il y avait sous l'arbre un espace grandiose et inimaginable, où l'envers des racines formait des voûtes et des arches gigantesques s'étirant chaotiquement[73] au-dessus d'une mer infinie d'or et de pierres précieuses qui se berçaient comme une houle tranquille.

Le vertige d'Hanïa s'accentua, sa tête se mettant à tourner avec son esprit trouble. Il sentit lentement ses griffes glisser sur l'écorce des racines. L'océan de richesses donnait l'impression de se gonfler pour venir jusqu'à lui. Il n'avait qu'à étirer un bras pour saisir une coupe scintillante, un bracelet magnifique serti de bijoux.

Une voix terrible parla en lui, le paralysant complètement, et lui arrachant toute volonté.

— Alors, Mérédith, tu as des yeux pour voir? C'est par eux que tu as péché. Et c'est à cause d'eux que tu vas mourir.

Hanïa perdit l'équilibre et bascula dans le vide. Son corps fut englouti par l'infinité d'or et d'argent.

* * *

— F'ro?
— Lha?

---

73. En désordre.

— Je ne te vois pas.

— Moi non plus, et pourtant je te sens tout près.

Ils se parlaient tous les deux à l'intérieur, d'une seule voix, la leur.

Dans cette lumière pâle et cette transparence qui régnaient autour de l'arbre, les deux Souris s'étaient séparés juste un instant, relâchant leur main, se touchant du bout des doigts pour ne pas se perdre. Ils disparurent aussitôt, devenant invisibles l'un pour l'autre. Mais leur voix intérieure se faisait entendre nettement.

— Un esprit malsain règne autour de cet arbre, murmura Lha. Une magie qui veut nous rendre seuls et sans âme.

— Nous avons perdu Hanïa...

— Je sais, mais nous devons continuer.

Leurs mains se retrouvèrent comme deux aveugles se cherchant dans le noir, leurs cœurs froids reprenant un peu de chaleur. Et devant eux, l'écorce de l'arbre s'entrouvrit comme une déchirure. Il apparut un petit escalier en colimaçon, sculpté finement dans un bois délicat. Nul doute que c'était là une invitation très personnelle. Le sorcier Babouin les attendait.

D'un commun accord, sachant que c'était la seule chose à faire, ils s'engouffrèrent par la brèche, en se glissant dans les entrailles de l'arbre. Ils firent une longue ascension, montant les marches d'un escalier étroit qu'éclairait une lumière venue d'on ne sait où. Chacun de leur pas résonnait fortement en se répercutant dans un long écho.

Arrivés tout en haut, ils purent admirer un paysage hors du commun. Un dédale de passerelles, suspendues de branche en branche, s'étirait au-dessus du vide à travers le feuillage. Il y en avait aussi loin que l'œil pouvait regarder, composant une mosaïque[74] étonnante sur des dizaines d'étages, traversant l'arbre dans toutes les directions. La passerelle qui s'étirait depuis le petit escalier où ils se trouvaient menait tout droit vers un curieux bâtiment, au centre du grand végétal.

La curieuse bâtisse prenait forme au fur et à mesure qu'ils approchaient. Construit d'une manière qui pouvait paraître anarchique, au premier regard, il s'agissait en fait d'un assemblage savant et complexe de branches légères, tressées les unes sur les autres, et formant une espèce de tour à plusieurs étages, au diamètre impressionnant. L'unique porte qui en gardait l'entrée était faite d'un bois ferme. Ils la contemplèrent sans bouger, incapables du moindre geste.

Leurs cœurs battaient très fort. Leurs mains se serraient, leurs doigts se nouant et se dénouant

---

74. Ensemble désordonné et superposé.

avec nervosité. Ils avaient marché depuis si long-temps pour venir jusqu'à cet endroit, pour rencontrer celui que tous désignaient comme l'artisan de tous les malheurs du monde.

C'est alors qu'une voix se fit entendre. Son timbre était clair et profond, sans une trace d'animosité.

— Entrez, je vous prie. C'est ouvert.

* * *

Un couloir sombre menait à une pièce spectaculaire, aux teintes rouges et orangées. La première chose qui frappait le regard était un gigantesque chandelier qui pendait au plafond. Il était serti d'une centaine de chandelles dont la lumière intense éclairait, sur les murs, des étagères de livres qui s'élevaient tout autour de la pièce.

Celui qui les aurait comptés en aurait dénombré plus d'une centaine de milliers ; des livres de toutes les tailles, de tous les formats ; une bibliothèque spectaculaire, à côté de laquelle celle de So Li faisait piètre figure. À leur grand étonnement, les Souris virent des livres qui sortaient seuls de leur emplacement et qui descendaient vers le sol, pour se balader en flottant dans les airs et disparaître par l'une des portes situées aux quatre coins de la pièce. Sinon, d'une manière similaire, plusieurs livres apparaissaient par l'une de ces mêmes portes pour retourner dans les étagères de la grande bibliothèque.

Depuis leur emplacement, un long tapis orange traversait la pièce et rejoignait une immense étude[75]. C'est là que se tenait le sinistre personnage, l'objet de leur quête insensée.

Assis à son bureau, vêtu d'une robe tout aussi orange que son tapis, avec sa tête de primate, son museau allongé comme celui d'un canidé. Le haut de son visage noir était enfoui sous un pelage brun clair, et on ne voyait que ses petits yeux perçants qui les observaient depuis leur arrivée dans la bibliothèque. Immobile, les mains croisées sur son ventre, avec un léger rictus au coin de la bouche, c'était lui : le sorcier Babouin.

Son regard se portait sur l'un et l'autre, comme s'il cherchait à percer un mystère qui lui échappait. D'un geste rapide, il leva sa main et se gratta la tête.

— Mais, venez donc. Ne restez pas là. Approchez.

Sa voix était profonde, articulée. Elle semblait occuper tout l'espace de la pièce, un peu comme s'il parlait de partout à la fois. Et à bien l'observer, c'est à peine si on voyait ses lèvres bouger.

---

75. Local de travail.

Lha et F'ro avancèrent solennellement sur le grand tapis orange. Celui-ci était d'une grande qualité, très moelleux, d'une couleur vive, sans tache aucune. Ils furent surpris de trouver là la griffe[76] des artisans de la vallée du Hen'e. Nulle part ailleurs on ne faisait les tapis de cette manière.

— Je suis très étonné de vous voir ici, poursuivit le Singe. Il est si exceptionnel qu'on se rende jusqu'à moi. Il faut être un roi, une reine, ou alors un chef de guerre très puissant.

Les deux Souris s'arrêtèrent à quelques mètres du bureau.

— Bonjour, monsieur, dit Lha d'une petite voix.

— Mais vous avez raison de me rappeler les règles élémentaires de la politesse, ma jeune amie. Bonjour, à vous deux. Je suis enchanté de faire votre connaissance.

— Nous de même, monsieur...

— Il est si rare que je rencontre des êtres remarquables que je ne connais pas.

Il tapa dans ses mains, deux fois. Malgré la retenue de son geste, le son résonna fortement dans la grande bibliothèque. Et aussitôt, un grand livre se glissa d'une tablette et flotta jusqu'au sorcier qui tendit les mains pour le saisir et le déposer devant lui. Puis, il remercia poliment un être

---

76. Résultat du travail d'un artiste.

invisible en fermant les yeux et en abaissant la tête légèrement.

— C'est mon bibliothécaire, dit-il en constatant le regard médusé de ses deux visiteurs. Un homme d'une grande efficacité, qui est avec moi depuis mes débuts en affaires.

— Mais… pourquoi est-ce qu'on ne peut pas le voir ? demanda Lha.

Le Babouin avait commencé à feuilleter le grand livre. Il tournait chaque page avec soin, en mouillant son index à chaque fois, en y collant parfois son museau et en plissant les yeux pour mieux voir.

— Je dirais que ce qui était une manie chez moi est devenu, avec le temps, une règle fondamentale de mon organisation. Vous savez, j'ai plus d'une centaine d'employés. Il y en a une dizaine, ici même, qui s'affairent au classement des lettres de change[77]. Personne ne se voit. Et ils sont tous persuadés d'être seuls au monde avec moi. Ainsi, chacun accorde une attention toute particulière à sa tâche, sans distraction aucune. Bien sûr, moi je les vois tous autant qu'ils sont. C'est important pour la bonne conduite des affaires.

Il replongea dans son livre, tout en continuant à tourner les pages, jusqu'à ce qu'il mette le doigt à

---

77. Billet indiquant la somme d'argent qu'une personne s'engage à payer à une autre personne.

un endroit précis. Après avoir posé une petite paire de lunettes sur le bout de son nez, il lut attentivement ce qui ressemblait à des caractères minuscules au coin d'une page. Il leva la tête avec des yeux qui brillaient.

— Vous êtes... des Souris ! Ou du moins, c'est ce que semble dire l'encyclopédie. Vous pouvez confirmer ?

— Heu... Oui, monsieur, dit Lha. Nous sommes des Souris de la vallée du Hen'e.

— La vallée du Hen'e ? Mais, je connais ça ! Manufactures de très grande qualité. Artisanat signé, et reconnu, à forte valeur de revente : poteries, tapis, etc. Est-ce que je me trompe ?

— Non, vous ne vous trompez pas.

Le primate plongea de nouveau dans son grand livre. Il se passait la main dans la barbiche en jetant de brefs regards sur les deux créatures, immobiles devant son bureau. S'il connaissait très bien la vallée du Hen'e, il semblait n'avoir jamais entendu parler de leurs habitants, les Souris.

— Intéressant, fit-il. Vous aimez bien la vie en couple là-bas. Et cette petite lueur qui émane de vous... c'est tout à fait charmant. Je devrais lire mes encyclopédies plus souvent. Il y a tant de choses qui m'échappent en ce monde, c'en est presque indécent.

Le sorcier se leva de sa chaise. Il s'étira en bâillant, puis il contourna son bureau pour s'avancer jusqu'à eux. Avec sa longue robe orange qui descendait jusqu'au sol, et ses pas feutrés sur le tapis épais, il donnait l'impression de flotter dans les airs. Il les dépassait de plus d'une tête.

— Je n'ai pas mon agenda sur moi, dit-il. Est-ce que nous avions rendez-vous ?

F'ro et Lha montrèrent une mine confuse.

— C'est ce que je croyais. Ça m'aurait étonné, d'ailleurs. Je ne prends mes rendez-vous que tôt le matin. Mais alors, dites-moi ce qui vous amène à une heure pareille. C'est la nuit. Il faut que ce soit pour une excellente affaire, n'est-ce pas ?

— Nous sommes venus vous proposer la meilleure affaire qui soit, répondit spontanément F'ro. Jamais nous n'aurions fait cette route, jusqu'à vous, si nous n'étions persuadés qu'elle vous intéresserait.

Le visage du grand Singe s'illumina ; tout comme les chandelles, qui semblaient avoir gagné en intensité, comme si elles réagissaient avec enthousiasme aux paroles du jeune Souris. Le primate se frotta les mains.

— Ah, très bien ! Je serai heureux de vous entendre, malgré l'heure tardive. Car j'ai été le premier à le dire, tous les moments sont bons pour conclure de bonnes affaires. Il faut savoir saisir sa chance quand elle passe. Et vous serez d'accord avec moi : le temps, c'est de l'argent. Et celui qu'on perd, c'est de l'argent qu'on perd aussi.

— C'est ce que nous apprenons à l'école.

— Vous dites ? fit le principal intéressé, en ouvrant grand les oreilles.

— Je dis que nous connaissons très bien vos pensées. Elles sont diffusées et enseignées dans tout le pays. Chez les Souris, du moins...

— C'est vrai ?! Mais quelle excellente nouvelle ! Et quel bon peuple que celui des Souris. Nous sommes faits pour nous entendre, je le sens. Mais écoutez plutôt ceci, c'est de moi : « La paresse est un péché. » C'est bien, n'est-ce pas ? Ou alors ceci – ce sont mes dernières pensées et je suis persuadé que vos professeurs ne les connaissent pas encore – : « Tout doit fructifier. C'est ainsi qu'il en va de toute nature. » Pas mal, hein ?

— Fameux !

— Huh, huh... marmonna celui-ci avec satisfaction, en se grattant la tête et en haussant les épaules ; jouant de fausse modestie, et visiblement incapable de cacher combien les flatteries lui faisaient plaisir. Vous savez, poursuivit-il, je suis un Babouin très simple avec des besoins très simples. Et au fond, je n'ai pas grand mérite. Je ne suis pas meilleur que vous. Simplement, j'ai de bonnes règles de conduite. Je fais de l'exercice physique de façon régulière. Je suis un régime spécial depuis plusieurs années, fait de légumes et de poissons... Enfin, cessons donc de parler de moi, et intéressons-nous plutôt à nos affaires! Mais, pas ici. Allons à l'extérieur, sur la terrasse. Il fait doux. Il y a un vent chaud qui souffle depuis la savane, et pas un seul nuage dans le ciel. Vous verrez, la vue sur les étoiles est magnifique.

* * *

Ils sortirent par l'une des portes, pour emprunter un autre corridor, jusque dans une autre pièce tout aussi étonnante que la grande bibliothèque. Si en surface elle paraissait beaucoup plus petite, le plafond par contre était tellement haut qu'on le perdait pratiquement des yeux, jusqu'à en avoir le vertige. Sur les murs circulaires, il y avait de hautes étagères avec des milliers de bocaux de verre aux contenus inquiétants. Il régnait là un calme sourd et mystérieux

— C'est ma chapelle, fit le sorcier d'une voix douce. C'est ici que je viens pour me ressourcer spirituellement. Lorsque la vie me pèse trop, que je ne sais plus quel sens lui donner, je viens m'y recueillir. Tout m'apparaît alors d'une limpidité absolue.

Lha et F'ro s'étaient avancés de quelques pas pour observer les grands bocaux. Leur sang se glaça peu à peu, au fur et à mesure qu'ils réalisaient ce que contenaient les récipients du sorcier.

— N'est-ce pas merveilleux? fit celui-ci. Ce sont là les cœurs de toutes les espèces vivantes en ce monde. Qui donc peut rester insensible devant une telle générosité, un tel don de soi? Certainement pas moi. Et ceux qui me les ont offerts ont droit à tous mes égards, et à toute ma considération.

— ... de toutes les espèces vivantes? murmura Lha d'une voix vacillante.

— Presque toutes, répondit le Babouin d'un ton affable, accompagné d'un sourire énigmatique.

Il mit l'une et l'autre de ses mains dans leur dos en les invitant à poursuivre leur chemin. Sur une grande tablette, en sortant, les Souris virent dans un bocal jaunâtre un cœur plus grand que les autres, mais affreusement noirci. Sur l'étiquette, il était écrit que c'était celui d'une reine : Maïssa.

* * *

Le sorcier Babouin les emmena sur les grandes passerelles extérieures suspendues entre les branches. Ils marchèrent lentement en montant toujours plus haut vers la cime de l'arbre.

Le Singe semblait d'excellente humeur. Il leur parla de cette première fois où il était venu s'installer dans l'arbre pour la conduite de ses affaires. Comment, dès lors, il avait compris que cet arbre poussait à la croisée de tous les chemins qui menaient à tous les continents; que c'était là voie royale vers l'enrichissement éternel et qu'il fallait absolument qu'il s'y installe.

Après avoir parcouru une série de petits ponts suspendus, zigzaguant les uns au-dessus des autres, ils émergèrent tout en haut sur un balcon tressé comme un grand tapis de paille. Ils découvrirent là une vue spectaculaire, surnaturelle, comme si, de cet endroit, il leur était possible de voir aux quatre coins du monde.

Au nord s'étendait le grand marais des Crapauds, et plus loin encore on voyait la grande savane. Au sud, il y avait une immense chaîne de montagnes, et dans toutes directions, d'autres endroits inconnus et mystérieux : forêts, plaines, grands lacs et mers intérieures, où vivaient d'autres peuples, d'autres espèces, d'autres univers.

Le ciel, tel que l'avait annoncé le grand Babouin, était magnifique. Les étoiles brillaient parfaitement claires et limpides sur la voûte céleste. F'ro et Lha pouvaient voir leur constellation, qui décrivait un arc impeccable d'est en ouest en passant au-dessus de leurs têtes, scintillante et ardente, comme si chaque étoile qui la constituait était prête à éclater.

— Votre Vallée est par là, dit le sorcier. Vous voyez, ces quelques nuages qui flottent au loin ? Ils nous indiquent la présence du Grand Fleuve... Ah, la vallée du Hen'e, poursuivit-il. Grande patrie des artisans, là où se transmettent les savoirs, depuis des générations, pour créer les plus beaux tissus et les tapisseries les plus fines. Vous en avez de la chance, mes amis, d'appartenir à un peuple qui a une si belle histoire. Et pour moi, c'est le plus grand honneur de la faire découvrir aux autres habitants du monde. Vous voyez, par-delà cette chaîne de montagnes, là-bas ? fit-il en pointant vers le sud. Il y a un peuple de grands Singes roux avec des bras très longs. Ils sont assis depuis toujours sur une véritable mine d'or. Ils sont riches à craquer, et sont prêts à payer une véritable fortune pour les biens fabriqués chez vous. Car, on s'entend, c'est un tout autre art que celui de la distribution[78]…

Il avait dit cela en joignant ses mains devant lui, en affichant cette fois un sourire malin qui dévoila ses longues dents blanches, acérées. Toute forme de candeur avait disparu chez le sorcier qui ressemblait à un prédateur prêt à attaquer.

— Et maintenant, chers Souris, si nous passions aux choses sérieuses. Car vous n'avez pas parcouru tout ce chemin pour faire du tourisme et de l'histoire. Parlons donc de nos affaires. De ce que je peux deviner, vous venez me vendre vos produits

---

78. Dans le commerce, les distributeurs se chargent d'acheter la marchandise des fabricants pour la vendre aux commerçants, qui eux la vendent aux clients.

à un meilleur taux[79] que ce que peuvent m'offrir Targ et les Crapauds. Éliminer l'intermédiaire[80] dans une transaction peut s'avérer intéressant. Mais tout de même... Je dois vérifier les avantages et les inconvénients de cette proposition. Les Crapauds m'ont toujours été utiles pour la bonne conduite de mes affaires. Une chose vous avantage, par contre, c'est que Targ m'a menti sur votre nature en prétendant que vous étiez des êtres dociles et insignifiants. Vous êtes là pour me prouver le contraire : vous êtes courageux et intelligents. Et cette aura qui émane de vous est fascinante... et témoigne de cœurs des plus intéressants.

F'ro et Lha regardaient le Singe qui les dominait de plus d'une tête et qui semblait grandir encore. Il avait maintenant une large crinière, semblable à celle des lions, et qui s'agitait au vent. Ses yeux étaient noirs et menaçants. Les deux Souris s'appuyaient l'un sur l'autre, leurs fines queues s'enroulant d'une extrémité à l'autre, mais rien n'y fit. Leur lumière bleue pâlit à vue d'œil pour ne devenir qu'une fine lueur, à peine perceptible. Le vent leur semblait terriblement froid. Et leur cœur

---

79. Prix.
80. Dans ce cas-ci, le Babouin veut éliminer le distributeur, qui garde toujours une partie des profits, en faisant affaire directement avec les Souris.

au fond de leur poitrine battait à une vitesse affolante.

— Et alors ? fit le primate du bout des lèvres, d'une voix sourde qui résonnait en chacun d'eux. J'attends votre proposition.

Lui qui pouvait saisir entre ses mains l'âme et le cœur des vivants ; lui qui savait même faire revivre les morts ; lui, le grand sorcier Babouin, attendait une réponse. Et les Souris savaient que leur temps était compté. Et, de toute manière, ils connaissaient depuis un moment l'issue de cette histoire.

Et ainsi, Lha trouva le courage de parler. Tout d'abord d'une voix faible. Mais ensuite avec l'assurance de ceux qui n'ont plus rien à perdre, même pas la vie.

— Nous avons parcouru tout ce chemin jusqu'à vous, Babouin, pour vous demander une seule et unique chose.

— Laquelle ?

— … Le monde a assez souffert de votre cupidité[81]. Vous devez mettre un terme à vos activités.

Le vent gagna en intensité, soufflant de plus belle dans les branches du grand arbre. Les feuilles s'agitaient bruyamment, de manière étourdissante, comme si la petite plateforme flottait sur une mer tourmentée. La terrible expression sur le visage du

---

81. Désir de gagner beaucoup d'argent.

primate n'avait pas changé, sinon, peut-être, un léger sourire à peine perceptible. Et ce visage était l'expression parfaite d'un cynisme funeste et annihilant[82].

— Je crois bien que Targ ne m'avait pas menti sur votre nature. Vous êtes bien des êtres dociles et insignifiants, animés par des sentiments infantiles. La souffrance fait partie intégrante de ce monde, jeune fille. Il n'y a rien que je puisse faire. Il en va ainsi de l'univers depuis la nuit des temps.

— Vous qui savez tout faire, qui avez tous les pouvoirs, vous pouvez mettre un terme à tous ces malheurs et cette misère que nous avons rencontrés sur notre route.

— C'est parce que les gens souffrent que j'existe ! C'est parce qu'ils sont cupides et mauvais, malhonnêtes, que je peux respirer et vivre à chaque jour Ce sont eux qui m'ont fait, et qui me veulent. Ils ont besoin de moi. Ils viennent ici, et m'offrent ce qu'ils ont de meilleur. Et vous n'êtes pas mieux que les autres, vous allez m'offrir vos cœurs sur un plateau d'argent ! C'est donc moi qui vais proposer le marché : Targ et les Crapauds quitteront votre pays sur-le-champ et je ferai de vous et de vos descendants des rois et des reines que tous admireront pour l'éternité.

---

82. Brutalité qui fait craindre le pire, soit la destruction et la mort.

Le Singe avait tendu ses deux bras devant lui, ses mains grandes ouvertes, agitant ses longs doigts effilés, comme s'il attendait que l'on y dépose quelque chose.

— Nous sommes désolés, monsieur, dit F'ro. Mais ce marché est inacceptable pour les Souris. C'est tout ce que nous avons dans la vie, nos cœurs. Ce sont eux que nous apprenons à chérir et à préserver, eux qui nous apportent chaleur et lumière. Jamais aucun Souris ne pourra s'en départir.

— C'est un marché non négociable. Vous n'avez pas le choix.

Le Babouin conservait son allure sinistre, mais donnait l'impression d'être nerveux, comme si la situation avait quelque chose d'inusité et d'inattendu. Il ne se rappelait pas qu'on lui ait déjà refusé une offre. Et son état incertain n'échappa pas à F'ro qui reprit courage.

— Alors il faudra venir les chercher. Nous n'avons ni la force ni les moyens de t'en empêcher. Car sache, sorcier, qu'il est écrit dans les étoiles que nous devrons mourir plutôt que de vivre comme des êtres abominables. Nous ne serons jamais comme la reine Maïssa.

— C'est ce que nous verrons, gamin, quand plus rien ne battra au fond de ta poitrine. Tu verras qu'il ne restera plus grand-chose de tes idéaux et de tes bons sentiments.

Et le Singe menaçant s'avança vers eux, bras levés. F'ro et Lha étaient paralysés par la force de la magie du sorcier. Ce dernier enfonça ses mains dans les poitrines des Souris, dans un geste qu'il semblait avoir mille fois répété. En affichant un sourire démoniaque, il arracha leurs cœurs chauds et battants qu'il souleva au-dessus de sa tête.

— Cœurs de Souris! Et qui êtes-vous donc, maintenant? Dites-le-moi. Que désirez-vous? Je vous le donnerai. Exigez! Le sorcier Babouin est maintenant à votre service... Ha! Ha! Ha!

Ses airs triomphants changèrent du tout au tout lorsqu'il vit les deux Souris inanimés sur le sol. Ils s'étaient affaissés, étendus au sol, en position fœtale, dans les bras l'un de l'autre, leurs yeux fermés, mais le visage paisible. Et le Babouin, désemparé, hurla de rage.

— Vous n'avez pas le droit! Vous n'avez pas le droit!

Furieux, il se mit à les frapper avec ses pieds. Dans ses mains, les cœurs toujours vivants battaient sereinement. Leurs pouls harmonieux résonnaient en lui, en l'inondant de sympathie et de bienveillance, des sentiments qui lui étaient insupportables.

Il voulut s'en débarrasser et les jeter au loin, mais en fut incapable. Lui, le sorcier Babouin, le magicien si puissant, n'arrivait plus à ouvrir ses mains engourdies et parcourues d'un picotement intense. Et une vision d'horreur se dessina sur son visage de primate, lorsqu'il vit la lumière bleue de leurs deux cœurs descendre le long de ses bras pour l'envelopper ensuite complètement. Ses bras, sans force aucune, se rapprochèrent malgré lui au-dessus de sa tête, jusqu'à ce que les cœurs de F'ro et Lha se soudent l'un à l'autre dans un éclat lumineux si puissant qu'il le rendit aveugle. Il s'effondra sur le sol tout près d'eux.

— Je ne veux pas de votre amour, murmura-t-il à l'agonie, avant de fermer les yeux à son tour.

Dans le ciel, la grande constellation des Souris brillait intensément d'un bleu exceptionnel. Puis, une à une, les étoiles se décrochèrent de la voûte céleste telles les larmes d'une infinie tristesse. Elles fondirent l'une après l'autre et s'abattirent avec fracas sur l'arbre du sorcier. Il s'embrasa d'un feu extraordinaire pour s'éteindre aussitôt et laisser place au silence le plus parfait.

* * *

Il ne restait plus qu'un tas de braises fumantes sur la grande colline. La nuit tirait à sa fin et le chant des oiseaux annonçant le jour commençait à se faire entendre dans les marais tout autour.

Sur les restes de l'arbre du sorcier, il y avait Hanïa le chasseur. Il avait enlevé le bandage sur sa jambe qui semblait tout à fait rétablie. Il regarda un long moment tous ceux qui avaient été les esclaves du sorcier et qui avaient survécu à cette hécatombe[83]. Ces derniers, en formant un cortège solennel, descendaient la colline de tous côtés ; chacun s'en retournant dans son pays. Mais le Hyène restait parmi les décombres, soulevant les branches et les bûches carbonisées, regardant partout attentivement, à la recherche d'une chose bien précise ; une chose qu'il ne voulait quitter à aucun prix.

La petite voix de Lha résonnait sans cesse dans son esprit.

— Nous retournerons tous à la maison…

Il était clair dans l'esprit d'Hanïa que Lha savait qu'elle allait mourir en compagnie de F'ro ; que c'était la seule issue à cet affrontement avec le sorcier.

S'éveillant de son long cauchemar, il regarda l'arbre détruit et les espèces du monde libérées, et se jura de ne pas faire mentir la jeune Souris. Et il retourna de grosses branches fumantes avec toute la force dont il était capable.

— Nous retournerons tous à la maison… répétait sans cesse cette voix qui parlait en lui.

Son attention fut captée par une lueur bleue au creux des grosses racines. Il sourit avec bonheur.

---

83. Mort de nombreuses personnes.

Il tendit un bras et en sortit les cœurs de F'ro et de Lha qui battaient tout doucement, soudés l'un à l'autre.

Il les déposa avec précaution dans un sac qu'il attacha contre sa poitrine.

Le Hyène se mit à luire magnifiquement. Et il partit d'un pas rapide et léger, descendit la colline, puis traversa les marais, laissant une longue traînée de lumière bleue à sa suite.

Les arbres semblaient s'écarter et lui faire la révérence, comme pour le laisser passer.

Il se retrouva en peu de temps sur la grande savane de ses ancêtres. Les cœurs chauds de ses amis brûlaient tout contre lui. Le ciel bleu du matin était magnifique. Quelques étoiles brillaient encore au lever du soleil.

FIN

Dossier
GAZOLINE

Le dossier **GAZOLINE** a été réalisé par Jennifer Tremblay avec la collaboration de Sylvain Hotte, Pierre Labrie et Benoît Bouthillette.

Dossier
GAZOLINE

Qu'est-ce que la *fantasy*?

Le mot *fantasy* est un terme anglais qui sert à désigner un genre littéraire et qui n'a pas d'équivalent en français. On dit parfois « littérature fantastique », en croyant parler du genre *fantasy*, mais il s'agit bien de deux genres littéraires différents.

Nous avons dégagé les six principales caractéristiques de la *fantasy*, qui sont autant de moyens que tu auras pour déterminer si le roman que tu lis (ou le film que tu regardes) appartient à ce genre. Ces caractéristiques sont repérables dans *Le chagrin des étoiles*, qui est un magnifique exemple de *fantasy*.

1) La magie

Dans l'univers qu'a créé Sylvain Hotte, la magie est rendue possible, chez les Souris, grâce à l'amour. Lorsque ces deux êtres sont en présence l'un de l'autre, ils dégagent une impressionnante lumière qui leur confère le pouvoir de faire le bien, un extraordinaire don de prémonition et une surprenante énergie physique. La beauté de cette magie, c'est qu'elle inonde de bonté ceux qui entrent en contact avec elle. C'est bien entendu grâce à leur pouvoir de transmettre le bien que F'ro et Lha réussissent leur mission de changer l'ordre des choses : « Leurs pouls harmonieux résonnaient en lui[1], en l'inondant de sympathie et de bienveillance, des sentiments qui lui étaient insupportables. » (p. 150)

Les pouvoirs magiques que possède le sorcier Babouin, quant à eux, sont purement maléfiques.

2) Le mythe

Un mythe, c'est un récit fabuleux (c'est-à-dire que les actions posées par les personnages et les événements qui en découlent sont absolument incroyables, inimaginables dans le monde réel) qui met en scène des personnages symboliques.

Un symbole, c'est une chose qui en représente une autre parce que le lien entre les deux apparaît clair pour tout le monde. Par exemple, pour symboliser l'amour, on dessine un cœur. Dans *Le chagrin des étoiles*, deux personnages symbolisent le bien. Qui sont-ils ? Oui, bien sûr, F'ro et Lha ! Pourquoi est-ce si évident ? Est-ce aussi facile de trouver deux personnages qui symbolisent le mal ? Targ et le sorcier Babouin en sont de bons exemples, qui semblent aller de soi. Leur apparence physique, leur façon d'agir et de penser nous amènent spontanément à nous faire une idée d'eux.

---

1. Le sorcier Babouin.

Le mythe est donc une histoire, qu'on peut aussi appeler fable, ou légende, qui met en scène des personnages qui symbolisent des forces de la nature (le bien et le mal, mais aussi le feu, la terre, l'eau, le vent, la naissance, la mort, etc.) ou des aspects de la condition humaine (la violence, l'amour, la cruauté, la générosité, le pouvoir, la soumission, la pauvreté, la richesse, etc.).

Quel aspect de la condition humaine les Merediths symbolisent-ils ? La soumission ou l'esclavage.

3) Le monde parallèle

Le monde dans lequel se déroule *Le chagrin des étoiles* ne ressemble pas à notre monde tel qu'il est ou tel qu'il a été. L'action se déploie dans un temps indéterminé, dans un lieu que nous ne connaissons pas, entièrement inventé par l'auteur. L'écrivain prend régulièrement la peine de décrire les lieux où se trouvent les deux Souris, ajoutant force détails sur le temps qu'il fait et les êtres (animaux ou humanoïdes) qui y vivent. Bref, nous faisons un fabuleux voyage dans l'imaginaire d'un écrivain qui ne manque pas d'inspiration !

4) Les créatures imaginaires

Sylvain Hotte nous émeut avec ses Souris intelligents, sensibles, cultivés, aimants, dont le destin est fixé par les étoiles. Quant aux Crapauds, ils dégoûtent, effraient ou commettent des gestes qui lèvent le cœur.

Ce n'est sûrement pas pour rien que l'écrivain en a fait des êtres ignobles dans son roman… Il leur a prêté les comportements les plus horrifiants : ils mangent goulûment leurs victimes, ils sont stupides, lents, et violents. La grosse Berthe dévore même un de ses congénères… Rien de moins ! La beauté de la *fantasy*, c'est qu'elle permet toutes les fantaisies ! (Tiens, voilà un excellent moyen de retenir l'esprit du genre…)

5) Les mythes et les épopées

Les Souris ont un passé ; nous savons qu'un roi, ou une reine, a régné sur leur peuple et en a été respecté puisque la salle du trône, que les Crapauds ont outrageusement envahie, est considérée comme l'héritage sacré d'un passé cher à ce peuple.

Nous savons aussi que F'har, le père de F'ro, a parcouru les continents, a vécu des aventures tumultueuses et s'est lié d'amitié avec des êtres tels que les Corbeaux, pourtant craints par les Souris. F'ro porte en lui, précieusement, l'épopée de cet aventurier courageux qu'était son géniteur[2].

Hanïa, le chasseur Hyène, renie courageusement ses engagements envers la reine Maïssa pour venger la mémoire des siens : il compte aller jusqu'au Babouin, et tenter de récupérer l'âme des Merediths, qui sont en fait sa famille.

---

2. Père.

La reine Maïssa se rappelle, en présence des Souris, les histoires qui circulent en son pays au sujet de ce peuple si particulier. De même, F'ro se souvient des propos de son père au sujet des Hyènes, dont il fallait se méfier, semble-t-il.

Ce ne sont là que quelques exemples de ce que Sylvain Hotte raconte dans son roman pour nous donner l'impression que les actions entreprises par chacun de ses personnages sont motivées par un passé, un héritage, des croyances, des valeurs, une mémoire familiale ou collective.

6) Un univers étranger

D'une part, dès lors que nous nous attaquons à la lecture d'un roman *fantasy*, nous savons que nous allons entrer dans un monde où il se passe des choses incroyables qui ne risquent en aucun cas d'advenir dans notre univers réel. Rien ne nous étonne. Nous sentons bien que l'écrivain ne veut pas nous effrayer, mais nous donner l'impression que cet univers existe bel et bien.

D'autre part, les personnages que nous découvrons ne s'étonnent pas non plus qu'un dragon surgisse sur leur route ou qu'un objet magique les mette dans l'embarras. Au contraire, dans le roman dit « fantastique », on hurle en découvrant un fantôme dans le placard, ou on appelle les policiers pour leur annoncer qu'il y a un monstre dans l'étang…

On accepte donc, chez les lecteurs comme chez les personnages, que les choses se passent comme elles se passent, sans s'étonner ou s'effrayer. Ce qui importe dans la *fantasy*, c'est l'action (symbolique) entreprise par les héros (symboliques) pour contrer les forces (symboliques) qui s'opposent à leur volonté.

La seule obligation à laquelle est lié l'écrivain de *fantasy*: la cohérence. Cela veut dire qu'il doit respecter en tout temps les règles qu'il invente, de façon à ce que le lecteur puisse croire en l'histoire qu'il raconte.

Il y a plein de romans *fantasy* très connus. Plusieurs de ces romans ont été portés à l'écran. C'est le cas, entre autres, du *Seigneur des anneaux*, publié pour la première fois en 1954 et porté à l'écran en 2001 et 2003. Son auteur, J. R. R. Tolkien (1892-1973), était anglais. L'Angleterre du dix-huitième siècle (oui, oui, ça fait presque 200 ans) est considérée comme le berceau de la *fantasy*.

J. T.

Quel titre !

Les écrivains choisissent minutieusement le titre qu'ils donnent à leurs livres. Ce n'est pas une étape qui est laissée au hasard. Il doit y avoir un lien direct et étroit entre le titre et l'histoire racontée. On pourrait même dire que le choix d'un titre est un outil très utile à la compréhension d'un livre. Sylvain Hotte a attribué à son roman un titre surprenant et séduisant : *Le chagrin des étoiles*.

Réfléchissons sur les deux mots-clés qui le composent...

Chagrin

Le chagrin, la peine, la tristesse, la douleur, la détresse, sont des émotions qui sont souvent exprimées dans ce roman. Le peuple des Souris est malheureux parce qu'il est opprimé. L'utilisation du mot « chagrin » dans le titre est donc tout à fait justifiée.

Mais c'est surtout la fin de l'aventure de F'ro et Lha qui semble avoir déterminé le choix de Sylvain Hotte... Lorsque des étoiles, comme des larmes, tombent sur l'arbre du sorcier, et l'enflamment pour l'anéantir complètement, nous avons l'impression très intense que c'est tout l'univers qui exprime son désaccord avec le geste cruel du sorcier. L'image est très claire : le ciel pleure ! Cela donne lieu à une scène magnifique.

Étoile

Le miroir, dans les romans *fantasy*, est souvent décrit comme un objet magique qui permet de voir le passé, le présent ou même l'avenir. En effet, les miroirs sont parfois consultés pour comprendre et connaître le destin d'un personnage. Dans *Le chagrin des étoiles*, le destin est inscrit dans les étoiles. On peut imaginer que les étoiles jouent ici le rôle de miroir.

Le chagrin des étoiles est une histoire d'amour. Le lien qui unit F'ro et Lha résiste à tout : le temps, les épreuves, et même la mort ! N'est-ce pas ce qu'annoncent les étoiles au vieux So Li lorsqu'il les consulte ? « Ce qu'il découvrit le renversa complètement. De toute sa vie, il n'avait jamais vu une destinée si bien tracée. Comme si les dieux avaient déplacé les étoiles pour créer une immense constellation rien que pour eux. Ils avaient été choisis l'un pour l'autre et leur magie serait grande. » (p. 38)

Ainsi, quand le Babouin arrache les cœurs de F'ro et Lha, les étoiles tombent sur l'arbre, de même que les deux Souris se sont effondrés sur le sol ! Quel effet de miroir !

Le titre d'un livre peut être sujet à plusieurs inter-prétations et *Le chagrin des étoiles* n'échappe pas à la règle. Grâce à notre vécu, à nos connaissances et à nos lectures, nous comprenons un titre ou une his-toire à notre façon. Certains titres nous interpellent plus que d'autres : nous sommes alors tentés de lire le livre… Notre passion pour un écrivain est souvent liée à l'intensité des émotions qu'il a suscitées en nous. Et la première émotion qu'il nous donne à vivre, c'est celle qu'il exprime dans le titre de son œuvre !

S'il existe plusieurs façons de comprendre un titre, c'est certainement parce que l'écrivain a fait preuve de beaucoup d'imagination… Assez pour alimenter la nôtre. Merci, Sylvain Hotte !

P. L.
J. T.

Injustices et oppression

Le chagrin des étoiles se déroule dans un monde inventé. Il n'en demeure pas moins que nous pouvons établir des parallèles entre ce roman et ce que nous vivons dans le monde réel, les drames qui affligent l'humanité. Sylvain Hotte exprime ses opinions et ses questionnements à l'intérieur de toute son œuvre. Il critique les injustices, l'esclavage et l'oppression des peuples engendrés par les guerres et l'obsession de la richesse.

L'Histoire de notre monde regorge d'exemples de guerres de pouvoir entre les peuples et de violences faites aux femmes et aux enfants. Chaque jour, aux nouvelles et dans les journaux, on en parle. Les enfants exploités dans les usines de fabrication de chaussures sont un exemple flagrant des horreurs qu'on nous rapporte… Parfois, les êtres humains se servent de leur pouvoir pour s'enrichir ou anéantir des peuples. Certains ont du pouvoir à cause de leur position politique, d'autres parce qu'ils ont beaucoup d'argent, d'autres encore parce qu'ils possèdent un charisme qui pousse les gens à se soumettre à leur volonté.

Le sorcier Babouin est un personnage puissant, qui règne en tyran sur des populations entières. Il est prêt à tout faire pour s'enrichir, même à mener des guerres contre les peuples qui échappent à son emprise. À cause de lui, plusieurs peuples sont opprimés. La peur les rend faibles et les décourage de toute idée de révolte.

Le sorcier Babouin ne se salit pas les mains[1]... Il a des alliés, qu'il récompense largement pour soumettre les individus productifs. Nous faisons d'abord la connaissance des terribles Crapauds, qui humilient les Souris et les soumettent par la force. Que faire quand on est menacé d'être dévoré à tout instant ? Nous découvrons ensuite que les Hyènes tiennent les Merediths en esclavage. Ici, la situation est différente puisque les Merediths sont aussi des Hyènes. La reine Maïssa persécute ses semblables : elle fait en sorte qu'ils ne goûtent jamais au plaisir et à la liberté. Elle récolte le bien de leur travail assidu, et achète ainsi la paix...

Alors que leur peuple est soumis et résigné, les Souris F'ro et Lha s'enfuient et tentent des actions pour le libérer : on pourrait dire d'eux qu'ils sont des « résistants ». Même s'ils connaissent la fin qui les attend, l'amour leur donne le courage d'aller au bout

---

1. Expression qui signifie qu'il laisse les autres accomplir les tâches qui pourraient donner de lui une image très négative.

de la mission qu'ils se sont donnée. L'amitié que leur manifeste Hanïa se révèle tout aussi essentielle à l'atteinte de leur très noble but.

Il y a toujours eu, dans l'Histoire de l'humanité, des êtres exceptionnels qui ont sacrifié leur vie pour libérer des peuples, pour changer des conditions de vie désastreuses, pour améliorer l'existence d'êtres humains exploités et maltraités. On parle d'eux aussi, dans les journaux.

P. L.
J. T.

Construire une histoire

Les romans racontent des histoires. Une histoire, c'est généralement le récit des événements dans la vie d'un personnage en quête de quelque chose. Un roman raconte donc le destin d'un personnage. Dans le roman *Le chagrin des étoiles*, c'est le destin de deux personnages, inséparables, qui nous est raconté.

Dans les années 60, des passionnés de langue et de littérature ont tenté de comprendre comment on construisait une histoire. Pour ce faire, ils en ont déconstruit des centaines. À la façon de scientifiques ouvrant et découpant des bêtes pour comprendre le fonctionnement d'un organisme vivant, les linguistes ont ainsi voulu saisir le fonctionnement de l'imaginaire humain. Ils se sont rendu compte que la plupart des histoires étaient construites de la même façon. On a appelé cette construction « schéma narratif ».

Voici les cinq étapes d'un récit observé avec la lorgnette du schéma narratif. Utilisons les événements racontés dans *Le chagrin des étoiles* pour bien comprendre ces étapes.

1. La situations initiale

Autrefois, le royaume du Hen'e vivait en **paix** et en **harmonie**. Les Souris, des êtres paisibles, travaillaient, priaient, et faisaient la fête. Lha et F'ro avaient le bonheur de s'être trouvés et de s'aimer.

2. L'événement déclencheur

L'arrivée des Crapauds a mis fin à la tranquillité du royaume. Ces êtres ignobles ont soumis les Souris à leur autorité par la force. Ils obligent le peuple à travailler pour les enrichir, et ils tuent sans pitié aucune pour n'importe quelle raison. C'est le règne de la terreur.

3. Les péripéties

Lha et F'ro ont dû quitter leur foyer pour échapper à la dictature des Crapauds, qu'ils ont bien l'intention de chasser de leur village. Ils s'engagent à tout faire pour libérer leur peuple. Ils traversent le fleuve, rencontrent les Hyènes, se trouvent séparés, découvrent le sort des Merediths, font la connaissance de la grosse Berthe, et continuent leur marche envers et contre tout jusque chez le sorcier Babouin. Ils se heurtent, au cours de ce périple, à une multitude d'**obstacles** et ils concentrent toute leur énergie à les **surmonter**.

4. Le point critique

Le sorcier Babouin réserve à F'ro et Lha le même sort qu'à tous ceux qui l'ont visité : il leur **arrache le cœur**. Or l'univers réagit à cette violence : les étoiles tombent du ciel et embrasent le royaume du sorcier, agonisant. C'est à ce moment-ci du roman que l'on comprend le sens du titre.

5. La situation finale

Hanïa emporte les cœurs, encore vivants, des deux héros. **Le monde est débarrassé de la cause du mal** qui le ronge : le sorcier Babouin est mort. Il n'a pas survécu à la charge d'amour qu'il a reçue en mettant sa main sur les deux cœurs aimants...

* * *

Attention, ça ne s'arrête pas là. On peut décortiquer une histoire avec encore plus de minutie, jusqu'à ce que tous les détails qui la composent nous soient révélés ! Ainsi, à l'intérieur du GRAND schéma narratif, il y a d'autres schémas narratifs, dans lesquels se trouvent d'autres schémas narratifs, dans lesquels... Bref, les schémas narratifs s'imbriquent les uns dans les autres, et plus ils sont nombreux, plus on a l'impression de lire une histoire pleine de rebondissements.

Chacune des péripéties de nos deux héros peut se diviser en cinq étapes facilement identifiables. Prenons l'exemple de leur visite chez les Hyènes pour illustrer cette audacieuse affirmation :

1. La situation initiale

Lha et F'ro se reposent dans un arbre.

2. L'événement déclencheur

Hanïa les repère parce qu'ils sont sur son territoire de chasse.

3. Les péripéties

Hanïa les invite chez les Hyènes, où il leur présente la reine Maïssa. On leur promet de les aider à atteindre le sorcier Babouin. Lha est séparée de F'ro. Elle découvre le peuple Meredith.

4. Le point critique

F'ro, aidé de Hanïa, la délivre. La reine Maïssa est dorénavant du côté des Crapauds.

5. La situation finale

Les trois amis ont repris la route, les Crapauds à leur trousse. Hanïa les accompagnera jusqu'au bout parce qu'il a la mémoire des siens (les Merediths) à venger.

* * *

On peut se questionner longuement sur l'utilité de décortiquer indéfiniment, en petits morceaux, une magnifique histoire… À cela je donnerai deux réponses, que j'espère assez convaincantes :

- Cela nous permet d'apprécier le minutieux travail de l'écrivain, et d'admirer les ressources de son imagination.
- Cela nous fournit un outil précieux pour construire, à notre tour, un récit qui tient debout !

J. T.

Sylvain Hotte
Écrivain

Sylvain Hotte est né le 14 mars 1972 dans le quartier Saint-Michel, à Montréal. Fils aîné d'une famille de la classe moyenne, il grandit à Brossard où il mène une enfance sans histoire. C'est sa mère, bibliothécaire, qui l'amène à la lecture. Dès lors, le goût de l'aventure, réelle ou imaginaire, ne le quittera plus.

À l'adolescence, il admire Jack London[1], le régime communiste en ex-URSS et Jello Biafra[2]. Il entreprend alors la lecture de l'œuvre intégrale de Friedrich Nietzsche[3] sans rien y comprendre, mais en éprouvant

---

1. Jack London, de son vrai nom John Griffith Chaney (né le 12 janvier 1876 à San Francisco et mort le 22 novembre 1916 à Glen Allen, en Californie) a écrit *L'Appel de la forêt* et plus de cinquante autres nouvelles et romans réputés. Il fut un des premiers Américains à faire fortune dans l'écriture.
2. Eric Reed Boucher, connu sous le pseudonyme de Jello Biafra, est un chanteur, activiste, politicien et militant écologiste né le 17 juin 1958 aux États-Unis.
3. Friedrich Wilhelm Nietzsche (né le 15 octobre 1844, et mort le 25 août 1900) est un philosophe allemand. Ses écrits incluent des critiques de la religion, de la moralité, de la culture contemporaine, de l'art et de la philosophie.

beaucoup de plaisir. Dans un cours d'éducation choix de carrière, n'ayant rien préparé pour sa présentation sur un futur qui ne l'intéresse pas (il est anarchiste, alors), il décide d'improviser sur le métier d'écrivain. Malgré une note qui le place parmi les cancres de sa classe, c'est la révélation : il sera écrivain.

Ainsi, l'écriture devient peu à peu une passion, puis une véritable obsession. Mais sans résultat probant. Car déjà, ses professeurs (avec raison d'ailleurs) ne lui reconnaissent aucun talent et le lui signifient impérativement à l'encre rouge. Il s'exercera pendant les années à venir, dans le plus grand silence, avec obstination.

Jeune adulte, l'esprit dissipé, les idées toujours confuses, Sylvain Hotte poursuit, tour à tour, sans jamais les terminer, des études en sciences humaines, en loisirs et en philosophie. Il s'inscrit finalement au Pavillon technique de Québec et obtient un diplôme de technicien en réfrigération, comme son père.

En 1997, rongé par l'ennui, il écrit quelques nouvelles sur un personnage burlesque vivant dans un Mexique imaginé. Il en résulte la publication de son premier roman, *Miguel Torres*, aux Éditions des Glanures.

Écrivain sans succès et sans le sou, il poursuit successivement les métiers de frigoriste, de menuisier, de scénographe, de directeur de production et d'homme à tout faire, tout en effectuant quelques voyages inusités où il se retrouve tantôt journaliste en Haïti avec l'armée canadienne, tantôt directeur d'une tournée à Taïwan pour un groupe de musique africaine.

Alors qu'il mène la vie ordinaire de coordonnateur d'une galerie d'art à la mode dans le quartier Saint-Roch à Québec, il entreprend l'écriture d'une série jeunesse à caractère historique et fantastique. Les premiers tomes des aventures de *Darhan*, jeune guerrier du 13e siècle dans l'empire de Gengis Khan, sont publiés le 8 mars 2006. *La fée du lac Baïkal*, le premier tome de la série, a remporté le Prix jeunesse de science-fiction et de fantastique québécois au Salon international du livre de Québec 2007. Sylvain Hotte sourit enfin.

Aujourd'hui, Sylvain Hotte est le capitaine d'un petit voilier. Il conjugue, en imaginant ses histoires fantaisistes, les plaisirs de l'écriture à ceux de la navigation.

S. H.

Suggestions de lecture
de Sylvain Hotte

DUMAS, Alexandre, *Les Trois Mousquetaires*

HERBERT, Frank, *Dune*

LONDON, Jack, *L'Appel de la forêt*

LOVECRAFT, Howard Phillips, *Dans l'abîme du temps*

MAUPASSANT, Guy de, *Le Horla*

MELVILLE, Herman, *Moby Dick*

POE, Edgard Allan, *Nouvelles histoires extraordinaires*

TOLKIEN, J. R. R., *Le Seigneur des anneaux*

VERNE, Jules, *Michel Strogoff*

SYLVAIN HOTTE